Meninos, eu vi

LER&RELER
OS CLÁSSICOS NA ALMEDINA

Meninos, eu vi

Seleta de
Gonçalves Dias

José Nêumanne Pinto

MINOTAURO

MENINOS, EU VI

AUTOR: José Nêumanne Pinto

DIRETOR DA ALMEDINA BRASIL: Rodrigo Mentz
EDITOR: Deonísio da Silva
ASSISTENTES EDITORIAIS: Mary Ellen Camarinho Terroni
Michele Roberta Rosa e Silva
ASSISTENTE DE PRODUÇÃO: Letícia Gabriella Batista
ESTAGIÁRIA DE PRODUÇÃO: Laura Roberti

REVISÃO: Daboit Textos
CONCEPÇÃO GRÁFICA: Eduardo Faria/Officio

ISBN: 9788563920591
Junho, 2023

Dados Internacionais de Catalogação na Publicação (CIP)
(Câmara Brasileira do Livro, SP, Brasil)

Pinto, José Nêumanne
Meninos, eu vi : seleta de Gonçalves Dias /
José Nêumanne Pinto. -- São Paulo : Minotauro, 2023.
ISBN 978-85-63920-59-1
1. Poesia brasileira - Coletâneas I. Título.

23-172890 CDD-B869.108

Índices para catálogo sistemático:
1. Poesia : Coletâneas : Literatura brasileira - B869.108
Eliane de Freitas Leite - Bibliotecária - CRB 8/8415

Este livro segue as regras do novo Acordo Ortográfico da Língua Portuguesa (1990).

EDITORA: Almedina Brasil
Rua José Maria Lisboa, 860, Conj.131 e 132, Jardim Paulista
01423-001 São Paulo | Brasil

www.almedina.com.br

PREFÁCIO

O terceiro naufrágio de Gonçalves Dias

JOSÉ NÊUMANNE PINTO*

Adeus
...a desgraça
Do naufrágio da vida há de arrojar-me
À praia tão querida...

ANTÔNIO GONÇALVES DIAS

Ainda uma vez... Adeus

Desenganado pelos médicos, desencantado com a vida, nosso poeta decidiu voltar para morrer na sua terra natal. Em 10 de setembro de 1864, aos 41 anos e um mês, embarcou no navio Ville de Boulogne, no porto de Le Havre, na França, na esperança de rever suas palmeiras e seus sabiás. Mas, já em águas maranhenses, o navio sofreu uma avaria. A tripulação conseguiu se aproximar da praia de Guimarães, onde o navio naufragou. Salvaram-se todos os tripulantes e passageiros, menos Gonçalves Dias. Debilitado pela tuberculose, não teve forças para se levantar do leito. Não se sabe se ele chegou a rever suas tão decantadas palmeiras antes que o mar imenso se transformasse em túmulo, compatível com a grandeza do poeta.

---

* Poeta, jornalista e escritor

CHICO FONSECA

Escritor e arquiteto maranhense

Toda a grandeza da terra natal, toda a forte epopeia da conquista e da destruição da raça selvagem, todos os extremos de ternura – tudo coube de fato nos versos do poeta... Ele explorou profundamente, como poucos, todos os veios da profunda mina do coração humano. E todo esse trabalho coube numa forma simples e correta, num sóbrio e límpido estilo.

OLAVO BILAC

É que ele é um dos raros, se não foi o único dos nossos que, com os dons naturais para o ser, a vida fez poeta. Não a moda, a retórica, a camaradagem, a presunção ou algum estímulo vaidoso ou interesseiro, ou sequer patriótico, o fizeram poeta, se não a dor e o sofrimento.

JOSÉ VERÍSSIMO

Reconhecido em vida como o maior poeta brasileiro, um dos maiores em língua portuguesa por gênios da "última flor do Lácio, inculta e bela" (apud Olavo Bilac), Antônio Gonçalves Dias, cujo nascimento em Aldeias Altas, antigo distrito de Caxias, Maranhão, ocorreu há 200 anos em 10 de agosto de 2003, e recém-esquecido. O registro é que se teria afogado no naufrágio de um navio muito perto da praia maranhense de Guimarães, em sua terra. Trata-se de uma meia verdade. O navio afundou, todos os tripulantes salvaram-se, os passageiros também, à exceção dele, que agonizava na cama e nela, quando não havia como salvá-lo expirou, não se sabe se por afogamento ou tuberculose. Dois séculos depois seu corpo ainda não foi encontrado, não se sabe se a obra que ele ultimava como definitiva, Os Timbiras, também.

O segundo naufrágio

Metaforicamente é possível dizer que uma obra de sua autoria, *Canção do Exílio*, talvez o poema mais recitado no Brasil nestes dois séculos, um dia após aquele em que foi proclamada a Independência pelo príncipe herdeiro da Coroa Portuguesa, Dom Pedro 1º, sofreria o segundo afogamento de sua história. Na noite de 29 de setembro de 1968, uma plateia de 20 mil a 30 mil pessoas sufocou sob uma vaia a canção Sabiá, composta pelos dois mais famosos compositores brasileiros à época, Tom Jobim, que estreava em festivais naquela noite, aos 41 anos de idade. A mesma com que morreu o poeta GD, que inspirou o autor da letra, Chico Buarque de Holanda, um jovem astro que vencera, então, um dos festejados da Record, dois anos antes, em 1966. Assim como os companheiros de viagem abandonaram o autor do poema no navio que afundava sem piedade, o público do Maracanãzinho daquela noite do metafórico segundo naufrágio do vate tinha na ditadura da época razão para preferir a canção *Pra Não Dizer que Não Falei de Flores* (*Caminhando*), de Geraldo Vandré. Embora tanto o poema que inspirou a vencedora quanto a canção também protestassem contra a privação da liberdade daqueles tempos de chumbo.

Segue aqui o poema, segundo o crítico Alexei Bueno, "a peça mais famosa de toda a poesia brasileira, símbolo pátrio comparável à bandeira ou ao Hino Nacional".

O poema – **Canção do Exílio**

Minha terra tem palmeiras,
Onde canta o Sabiá;
As aves, que aqui gorjeiam,
Não gorjeiam como lá.

Nosso céu tem mais estrelas,
Nossas várzeas têm mais flores,
Nossos bosques têm mais vida,
Nossa vida mais amores.

Em cismar – sozinho – à noite –
Mais prazer encontro eu lá;
Minha terra tem palmeiras;
Onde canta o Sabiá.

Minha terra tem primores,
Que tais não encontro eu cá;
Em cismar – sozinho – à noite –
Mais prazer encontro eu lá;
Minha terra tem palmeiras,
Onde canta o Sabiá.

Não permita Deus que eu morra,
Sem que eu volte para lá;
Sem que eu desfrute os primores
Que não encontro por cá;
Sem qu'inda aviste as palmeiras,
Onde canta o Sabiá.

O poeta Antônio Carlos Secchin, que fez conferência na celebração dos 200 anos do nascimento do poeta maior na Academia Maranhense de Letras, a convite dos acadêmicos José Sarney e Rossini Correa, garantiu em *Pátria Portugal Poesia* ser este "o mais famoso poema da literatura brasileira". O professor da Universidade Federal do Rio de Janeiro sabe melhor do que todos que os versos repetidos, inspirados na saudade da terra distante que o autor sentia, enquanto cursava a Universidade de Coimbra na Corte, voltariam à atualidade de outros exilados célebres. Quais sejam: a família imperial de Pedro II, expulso do País pelo golpe de Estado dos republicanos no século 19, e os adversários democratas do Estado Novo de Vargas em 1937. Ainda mais atual era o tema durante a ditadura militar de 1964, tornada mais dura na virada dos anos sessenta para os setenta do século passado. Foi este o *leit motiv* da dupla carioca que mudou o gênero do sabiá para o feminino numa inspiração *avant la lettre* naqueles tempos sombrios.

E mais: o secretário-geral da Academia Brasileira de Letras (ABL) definiu com precisão milimétrica o segredo do gênio do estro do autor da *Canção do Exílio*. Deixou claro ao escrever em *Pátria Portugal Poesia*, texto sintético sobre as relações Brasil-Portugal na obra e na vida de seu xará: "soube clarificar, desencadeando-se na plasticidade, na música dos versos e no instinto, ou paixão coletiva, sobretudo, no lirismo de um Orfeu selvagem e austero".

A seguir, a letra de Chico Buarque inspirada no poema e musicada por Tom:

Vou voltar
Sei que ainda vou voltar
Para o meu lugar
Foi lá e é ainda lá
Que eu hei de ouvir cantar
Uma sabiá

Vou voltar
Sei que ainda vou voltar
Vou deitar à sombra
De uma palmeira que já não há
Colher a flor que já não dá
E algum amor talvez
Possa espantar as noites
Que eu não queria
E anunciar o dia

Vou voltar
Sei que ainda vou voltar
Não vai ser em vão
Que fiz tantos planos
De me enganar
Como fiz enganos
De me encontrar
Como fiz estradas
De me perder
Fiz de tudo e nada
De te esquecer

Vou voltar
Sei que ainda vou voltar
E é pra ficar
Sei que o amor existe
Eu não sou mais triste

E que a nova vida
Já vai chegar
E que a solidão
Vai se acabar
Hei de ouvir cantar
Uma sabiá

Em 26 de outubro de 2013, Vitor Nuzzi escreveu a respeito para a Agência Estado: "O clima político já fervia, após episódios como a morte do estudante Edson Luís, a greve dos metalúrgicos de Osasco (SP) e a Marcha dos 100 Mil, no Rio. A situação piorou depois do festival, e não são poucos os que incluem *Caminhando* na conta do AI-5, que seria decretado em 13 de dezembro."

Em outro trecho do mesmo texto citado acima, ele citou a frase definidora do chargista Ziraldo Alves Pinto, vaiado e ameaçado como todos os membros do júri, mesmo tendo cotado a segunda colocada com a nota dez e a valsa, defendida por Cynara e Cybele, metade do então famoso Quarteto em Cy, cinco. " O que ninguém percebeu na época, nem eu, é que a letra de *Sabiá* era também inconformista, uma canção de protesto. 'Me deitar à sombra de uma palmeira que já não há, colher a flor que já não há... as noites que eu não queria... anunciar o dia!' Estava tudo lá, de maneira velada", recordou. Como muitos, ele viu algo de heróico na composição de Vandré. "Era uma emoção ver aquele cara sozinho naquele palco enorme enfrentando apenas com seu violão a fúria dos militares. Que era imensa naquela época", observou o mineiro de Caratinga, 45 anos depois.

O terceiro naufrágio

Hoje, 159 anos após o primeiro naufrágio nos Guimarães do litoral maranhense, talvez seja o caso de concluir que o abandono em que se encontra a obra do maior poeta brasileiro de todos os tempos é ainda maior que o sentimento que nutriu a fúria do público que manifestou sua revolta contra a ditadura militar. Sem sequer ouvir o apelo de Geraldo Vandré, compositor e intérprete isolado da canção derrotada na final nacional do V FIC da Globo, em defesa dos vencedores. E agora se configura o terceiro naufrágio do poeta, cujo cadáver já estava submerso no Atlântico quando tentaram resgatá-lo do navio que afundou. Até este livro, no segundo centenário do nascimento do mestiço maranhense, completado em 10 de agosto, as livrarias mais equipadas do País não dispunham de obra nenhuma dele. A não ser uma ou outra antologia, como a feita pelo especialista José Carlos Garbuglio, publicada há 13 anos pela Global. Esta comprou o acervo da Editorial Aguilar, então de posse dos filhos de Carlos Lacerda, donos da Nova Fronteira, mas não deu a mínima bola para a edição da *Poesia e Prosa Completas de Gonçalves Dias*, de 1996.

Mesmo na pesquisa em sebos, facilitada pela Estante Virtual, disponível em qualquer computador no País, encontra-se apenas sua *Poesia Completa* em dois volumes, publicada em 1946 pela Editora e Livraria Waldré, com prefácio do acadêmico da Academia Brasileira de Letras (ABL), Josué Montello, maranhense.

Só para não dizer que não falei de flores, é dever deste autor destacar a iniciativa isolada da Academia Maranhense de Letras, que levou de volta ao lar materno os despojos do poeta em solenidade na qual falou a respeito dele o poeta, bibliófilo e secretário da ABL Antônio Carlos Secchin, xará do romântico. Isso por iniciativa de seu colega de fardão, José Sarney, decano desta. Roseana, filha do ex-presidente, e Marco Jerry tomaram a iniciativa de convocar uma sessão solene na Câmara dos Deputados em 14 de agosto último. Karla, prima dela e vereadora em São Luís, foi autora de iniciativa similar na Câmara Municipal da capital maranhense.

Foi comemorado em 10 de agosto o bicentenário de nascimento de Gonçalves Dias. Houve "festa, aqui e ali, mas não vejo programada a grande homenagem que o Brasil deve a seu primeiro grande poeta", escreveu o dublê de político e literato Sarney em sua página na internet e este texto foi citado nos blogs de Ricardo Noblat, pernambucano, e Cláudio Humberto Rosa e Silva, alagoano. O ex-presidente explicou por que no artigo intitulado *O Poeta dos Timbiras*: "(GD) foi incansável. Correu o Brasil e a Europa estudando o Brasil. Mas fixou a imagem do País como poucos o fizeram, e nenhum antes dele. Declarou nossa literatura independente da portuguesa. Declarou o direito de falarmos nossa língua do nosso modo. E fez nossa literatura nacional com a língua do Brasil."

Isso, contudo, nunca impediu que sua obra fosse reconhecida além das fronteiras. A professora Luciana Stegnano Picchio no capítulo de sua obra *A Literatura Brasileira*, dedicado ao Romantismo, anotou que a poética gonçalvina ganhou versão no idioma natal dela e de Dante Alighieri por um dos maiores bardos peninsulares do século 20,

Giuseppe Ungaretti, mestre da escola hermética, nascido no Egito e ex-professor da Universidade de São Paulo (USP).

O filólogo fluminense Othon Moacyr Garcia empenhou-se em formidável esforço enciclopédico para dissecar, em *Esfinge Clara*, minúcias da escrita do poeta, reconhecendo como árdua sua missão mercê dos grandes que as revelaram antes no Brasil: especialmente Manuel Bandeira (cuja *Antologia dos Poetas Brasileiros da Fase Romântica* conheci em meados dos anos sessenta na loja acessível a bolsos quase vazios das Edições de Ouro, do lado de lá da Praça da Bandeira, em Campina Grande).

De Bandeira, cuja obra acompanho desde a infância, cito trecho extraído de uma nota que encerra o capítulo 4 da magistral *História da Literatura Brasileira*, de Nelson Werneck Sodré. Este resgatou o que o poeta pernambucano escreveu em *A poética de Gonçalves Dias*: "Foi, sem dúvida, o poeta brasileiro que mais profundamente e extensamente versou a nossa língua: conhecia-a não das gramáticas, mas do trato com os escritores de todas as épocas, desde os poetas dos cancioneiros e os primeiros cronistas".

Abolicionista e indianista

Voltando ao filólogo Garcia, ele citou, ainda, outros pilares da fortuna crítica de GD: Aurélio Buarque de Holanda, Cândido Jucá Filho e M. Nogueira da Silva. Difícil, contudo, será encontrar em que Garcia não esteve à altura desses pioneiros no seu estudo minucioso e já clássico. Em seu detalhado mergulho nessa obra, Garcia revelou sua preferência pela definição de Ronald Carvalho, que considera nosso personagem "poeta da natureza", ou seja, do índio na conceituação romântica. Gonçalves Dias seria, então, "o *poeta do índio* como uma espécie de *pendant* para Castro Alves, *poeta dos escravos*", escreveu Garcia.

Maranhense como o poeta, o acadêmico da ABL Josué Montello, autor do prefácio da coletânea de seus poemas há 77 anos, reclamou para ele também um lugar no panteão dos heróis. Têm sido lembrados Antônio Frederico de Castro Alves, nascido quatro anos depois dele na Vila de Nossa Senhora do Rosário do Porto da Cachoeira, na também nordestina Bahia de Todos os Santos, e autor da seminal Minha Formação, Joaquim Nabuco, natural de Recife, Pernambuco quando GD já tinha 27 anos.

"Já é tempo de reclamar-se para Gonçalves Dias uma posição de destaque na literatura da Abolição. De modo sistemático seu nome é omitido sempre que se recordam as altas vozes que se pronunciaram contra o cativeiro em nosso país. E a verdade é que poucos escritores foram tão veementes quanto ele nessa condenação, precisamente num período em que a escravidão negra parecia aceita pela elite literária e política do Brasil".

É certo que nestes tempos, em que a moda identitária troca índios por povos primitivos e negros por afrodescendentes, o baiano segue como impávido imortal, embora o abolicionismo também não resista aos guerrilheiros da poética. Enquanto isso, o autor do inacabado *Os Timbiras* permanece afogado no modismo displicente como o sempre afogado no ostracismo injusto no fundo do Atlântico, como o casco do

Ville de Boulogne. Montello aproximou o discurso abolicionista do poeta à altura de outros abolicionistas reconhecidos.

Desse tríplice naufrágio emerge em especial o poema *I Juca Pirama*, do qual destaquei um trecho para a primeira epígrafe de meu livro mais recente de poesia, *Antes de Atravessar*, editado em 2022 pela Ibis Libris:

> E, à noite nas tabas, se alguém duvidava
> Do que ele contava,
> Tornava prudente: "Meninos, eu vi!"

Trata-se da recordação antiga da infância. Minha mãe, Mundica Ferreira Pinto, professora formada pelas freiras doroteias na Escola Normal de Cajazeiras, levava a prole toda para a calçada nas noites escuras e quentes do sertão, em Uiraúna, Paraíba, para dizer poemas que sabia de cor. Este era um de seus prediletos. Também eram os favoritos dos eméritos Antônio Cândido e Carlos Nejar. A respeito dele o poeta e crítico Alexei Bueno disse no *Paiol Literário* do *Rascunho*, publicação cultural da responsabilidade de Rogério Pereira: "Me lembro muito bem de minha avó recitando partes do *I-Juca Pirama*, que para mim é um dos monumentos totais da poesia em língua portuguesa".

Ao citar descrição da grandeza e da universalidade conforme Antônio Cândido na maldição do pai ao filho, que chorou ao ser sacrificado pelos inimigos, o poeta, romancista e acadêmico gaúcho Carlos Nejar pontificou: "O poeta do Maranhão entrelaça o ritual indígena ao valor e força viril . 'Mandai vir a lenha, o fogo/ a maça do sacrifício'. Sobrepairando esta terrível maldição de um pai ao filho que se negara ao sacrifício de ser devorado – o que era honra – pelos inimigos de outra tribo, sendo arrimo do progenitor cego e ancião. Não há nada em nossa literatura de igual força e cólera". Após citar o mesmo trecho, em sua *História da Literatura Brasileira*, o acadêmico gaúcho completou, certeiro: "É uma vociferação patética na voz do velho pai e um dos píncaros da lírica nacional. E aí se aninha o prenúncio da Antropofagia, que Oswald de Andrade transformará em teoria do Modernismo".

E mais uma vez me convém citar Alexei Bueno, que declarou com autoridade a peça como "o maior poema do Romantismo nacional e provavelmente de toda a poesia nacional".

Escrevo este texto em 2023, ano centenário da Semana de Arte Moderna e da publicação precursora do romance em que José Américo de Almeida profetizou o movimento: *Reflexões de uma Cabra*. E a quem duvidar da pontaria afiada de Oswald de Andrade, Alexei Bueno, Antônio Cândido e Carlos Nejar talvez seja o caso de pedir que leia em voz alta a execração, tantas vezes declamada na Rua Nova, a alguns passos da Matriz de Jesus, Maria, José, em Uiraúna. Para, assim, confirmar que nenhum dos três exagerou. Dá para ouvir e durante a leitura não arfar de emoção e até chorar? Dá? Pois vamos lá:

VIII

Tu choraste em presença da morte?
Na presença de estranhos choraste?
Não descende o cobarde do forte;
Pois choraste, meu filho não és!

Possas tu, descendente maldito
De uma tribo de nobres guerreiros,
Implorando cruéis forasteiros,
Seres presa de vis Aimorés.

Possas tu, isolado na terra,
Sem arrimo e sem pátria vagando,
Rejeitado da morte na guerra,
Rejeitado dos homens na paz,
Ser das gentes o espectro execrado;
Não encontres amor nas mulheres,
Teus amigos, se amigos tiveres,
Tenham alma inconstante e falaz!

Não encontres doçura no dia,
Nem as cores da aurora te ameiguem,
E entre as larvas da noite sombria
Nunca possas descanso gozar:
Não encontres um tronco, uma pedra,
Posta ao sol, posta às chuvas e aos ventos,
Padecendo os maiores tormentos,
Onde possas a fronte pousar.

Que a teus passos a relva se torre;
Murchem prados, a flor desfaleça,
E o regato que límpido corre,
Mais te acenda o vesano furor;
Suas águas depressa se tornem,
Ao contacto dos lábios sedentos,
Lago impuro de vermes nojentos,
Donde fujas como asco e terror!

Sempre o céu, como um teto incendido,
Creste e punja teus membros malditos
E o oceano de pó denegrido
Seja a terra ao ignavo tupi!
Miserável, faminto, sedento,
Manitôs lhe não falem nos sonhos,
E do horror os espectros medonhos
Traga sempre o cobarde após si.

Um amigo não tenhas piedoso
Que o teu corpo na terra embalsame,
Pondo em vaso d'argila cuidoso
Arco e frecha e tacape a teus pés!
Sê maldito, e sozinho na terra;
Pois que a tanta vileza chegaste,
Que em presença da morte choraste,
Tu, cobarde, meu filho não és.

Alfredo Bosi, professor da Universidade de São Paulo e membro da ABL, reconheceu em sua *História Concisa da Literatura Brasileira*: "A crítica, unânime, tem admirado a ductibilidade dos ritmos que vão recortando os vários momentos da narração". Em ensaio antológico, intitulado *De Euclides a Anchieta*, o intelectual completo José Guilherme Merquior seguiu a mesma trilha ao defini-lo: "o mais belo poema longo da literatura nacional, o sonho romântico da idealização do índio adquire a magia atemporal do mito". Não à toa, *Os Timbiras*, cuja parte final ficou desconhecida ao submergir perto da praia dos Guimarães, onde resta sepultado o cadáver insepulto do autor, animou muitos intelectuais a esperarem nele uma *Ilíada* indígena.

Amor, rejeição e preconceito

Sendo um dos maiores exegetas do mestiço maranhense, Nelson Werneck Sodré, em sua clássica *História da Literatura Brasileira,* registrou que, em 1864, ano do primeiro naufrágio dele, o mestiço de Aldeias Altas já era consagrado "o maior poeta do Brasil".

Da produção lírica urge citar um trecho de outra obra-prima gonçalvina, *Ainda uma vez – adeus!* –, escrita com o próprio sangue depois de se encontrar com Ana Amélia Ferreira do Vale, seu grande amor da vida inteira, com quem não se casara por oposição da família e ao tomar a decisão de não ferir os parentes de um de seus melhores amigos. Eis o parágrafo final do magnífico poema do amor perdido:

XVIII
Lerás porém algum dia
Meos versos, d'alma arrancados,
D'amargo pranto banhados,
Com sangue escriptos, — e então
Confio que te commovas,
Que a minha dôr te apiade,
Que chores, não de saudade,
Nem de amor, — de compaixão.

Patrono na ABL

Antônio Gonçalves Dias é o patrono da cadeira número 15 da Academia Brasileira de Letras, indicado por seu primeiro ocupante, Olavo Bilac, o príncipe dos poetas parnasianos. Antes passaram por ela o Padre Ávila, Amadeu Amaral; Guilherme de Almeida; Odylo Costa, filho e Dom

Marcos Barbosa. Seu atual ocupante é Marco Lucchesi, poeta e ex-presidente da dita Casa de Machado.

Um dos citados, o poeta Marco Lucchesi, ex-presidente da ABL, escolheu justamente o poema de abertura das *Sextilhas de Frei Antão*, nas quais GD esgrimiu seus conhecimentos do ancestral galaico-português para exercer a maestria do bardo no manejo do idioma dos ancestrais para saudar o patrono da cadeira. Disse Lucchesi a seus pares aos quais se juntava naquele azo:

"Chego a Gonçalves Dias com oito anos de idade. O sortilégio de sua redondilha foi a escola onde matriculei meus versos da infância. Da 'Loa da Princeza Sancta' sublinho essa passagem:" E reproduziu os versos originais:

> "Quando o rey tinha-los juntos
> Começava a discursar:
>
> 'Os Iffantes já são homens,
> Vou-me ás terras d'alem-mar
> Armal-os hy cavalleiros;
> Deos Senhor m'ha de ajudar'".

Lucchesi compareceu à homenagem a GD na Academia Maranhense de Letras no dia do aniversário do homenageado. Além do ex-presidente da ABL, também o atual foi a São Luís e discursou na ocasião. O avô materno de Merval Pereira, que é carioca, Clodomir Cardoso, foi senador pelo Estado natal de nossa personagem.

"A presença da Academia Brasileira de Letras na homenagem aos 200 anos de Gonçalves Dias é demonstração de que um dos nossos maiores poetas, e patrono da cadeira ocupada por Olavo Bilac na fundação da Casa, continua atualíssimo. Sua contribuição seminal na inclusão do indígena na poesia brasileira mostrou-se premonitória. Essa atualidade, ao mesmo tempo em que o destaca entre nossos grandes, mostra também que não aprendemos nada nesse mais de século", explicou Merval Pereira.

Voltando aos ocupantes da cadeira 15. Odilo Costa Filho, contestou seu antecessor na vaga, o poeta campineiro Guilherme de Almeida, que lembrou ser o caso de denominar a cadeira 15 como "da poesia". Em sua posse, o maranhense lembrou que o patrono e o fundador, Bilac, também foram jornalistas, como ele próprio, responsável por uma das mais bem-sucedidas reformas na imprensa brasileira, a do *Jornal do Brasil* de sua conterrânea, Maurina Dunshee de Abranches Pereira Carneiro, e pela exitosa chefia da Sucursal da revista *Veja* no Rio de Janeiro.

Pois em papel jornal "Gonçalves Dias andou mesmo perguntando que fariam os leitores se fossem Deus, Reis ou Parlamento, enquanto, também antecipando a moda de hoje, informava sobre si próprio, bailes de máscaras a que fora no Teatro São Pedro, fantasia de Otelo que vestira e o tomaram por João Caetano, pessoas que encontrara... Comenta o burro empacado na Rua da Alfândega com sua pipa d'água, o chefe de Polícia mandando o carro parar contramão na Rua da Ajuda para conversar na porta do ourives Michaud, as águas servidas despejadas dos sobrados, os tílburis sem lanterna nas noites de luar. Passa do grave ao indignado quando um oficial manda açoitar na Praia Vermelha dois soldados seiscentas vezes: fica um moribundo, o outro morto; ou quando a patrulha encarregada de calar capoeiras acutila no rosto um marinheiro português; ou quando sobe até ele o rumor das torturas e da solidão na cadeia do Aljube. Frequentemente ria. Aumenta a tiragem do *Correio Mercantil* (felizes tempos!) indagando qual a melhor e a pior coisa do mundo. Conseguiu – diz a biografia – trazer mais renda para o jornal; e no fim de um mês veio a resposta: a melhor coisa era a mulher-anjo, que ele próprio descreveu, a pior a mulher-demônio, cujo retrato teceu o Dr. Macedinho, Joaquim Manoel de Macedo", disse Odilo.

Sim, ele mesmo, o autor de *A Moreninha*, o romance de maior sucesso desse autor de vários folhetins, publicados semanalmente, pela imprensa carioca.

Correspondência a ser lida

Na última edição, esgotada, de *Poesia e Prosa Completas de Gonçalves Dias*, Alexei Bueno incluiu as três peças que o poeta escreveu: *Beatriz Cenci* (1843), *Patkull* (1843) e pelo menos uma reconhecida obra prima, *Leonor de Mendonça* (1847). Em prosa, Antônio Gonçalves Dias também publicou o *Dicionário da Língua Tupi*, de 1858, *O Brasil e Oceania*, em 1846, e republicada em *Obras Póstumas*, de 1869. Além de *História Pátria*, de 1868.

Hoje não é o gênio maranhense quem desconhece o Brasil real, que muito amou e celebrou. Mas este país em pleno século 21 que ainda não merece o magnífico filho que teve há dois séculos. De sua obra imortal não tem sentido sequer desprezar a copiosa *Correspondência*, reunida em dois volumes encontráveis nos arquivos da Biblioteca Nacional, de acordo com Alexei Bueno, que não pôde incluí-la na edição citada, por causa do volume do compêndio a ser colocado no mercado.

Chico Lucena, poeta e arquiteto maranhense emprestou-me a epígrafe deste texto. Além dele, o autor do livro *Amores, Marias, Marés*, vencedor do concurso literário *"Escritores Admiráveis"*, publicado pela Editora Jangada, presenteou-me com a versão em computador dos *Anais* da Biblioteca Nacional com uma entre muitas preciosidades encontradas nas epístolas do poeta.

Do mimo resgatei um dos muitos parágrafos imperdíveis de sua verve: "O Barão também é curiosíssimo — na espécie de cavaleiro de indústria porém porco. Ficou reprovado em lógica por não ter falhado a uma só pergunta, sabia daquilo como um homem. O Torres reprovou-o com medo de que êle se tornasse seu rival, e não se lhe metesse em cabeça levá-lo à parede. O Matoso com toda a sua seriedade achou um meio muito simples de ficar aprovado. Como o Sr. ficou reprovado por saber muito, dizia ele, é esquecer-se alguma cousa do que sabe, e ir fazer o seu exame!..."

Esta iniciativa da editora Almedina, por indicação do escritor e doutor em letras pela USP Deonísio da Silva, resgata o poeta maior do terceiro naufrágio. Numa repetição da recepção que o vate teve em Portugal no século 19, conforme narrado pela professora Maria Eunice Moreira, da Universidade Católica do Rio Grande do Sul em *Três Românticos Brasileiros e a Crítica Portuguesa no Século 19*. No caso, além de nosso protagonista, Casimiro de Abreu e Fagundes Varella.

"O autor de *Os Timbiras* foi, sem sombra de dúvidas, o brasileiro de maior receptividade no século 19. De sua obra se ocuparam os mais expressivos nomes: Alexandre Herculano, Ramalho Ortigão, Lopes de Mendonça, Pinheiro Chagas, Camilo Castelo Branco, Inocêncio Francisco da Silva; Gonçalves Dias foi notícia nos principais periódicos de Portugal, desde o lançamento de *Primeiros cantos*, em 1847, até o final do século; em Portugal, conheceu a vida acadêmica conimbricense, uma das mais movimentadas no século XIX; em Portugal, sua morte foi anunciada duas vezes, — uma vez, falsamente, em 1862, e outra verdadeiramente, em 1864, num naufrágio, na costa do Maranhão. Talvez a questão que tenha chamado atenção para sua obra tenha sido o estudo de Alexandre Herculano, um político e crítico de renome, publicada logo após o lançamento de *Primeiros cantos*, que ocupou as páginas da *Revista Universal Lisbonense*, periódico, que, ao lado de *O Panorama*, foi a mais influente publicação daquele momento, em Portugal. Além de autor de *Eurico, o presbítero*, que inaugurou o romance português moderno, Herculano era deputado pelo Partido Conservador, detendo uma posição na vida intelectual e política portuguesa. Assim, quando o mais reconhecido intelectual do Romantismo interessou-se pela obra de um estreante do Brasil, é de se buscar o significado que o artigo adquire no contexto político-literário da década de 1840." (Miscelânea, Assis, v. 14, p.69-79, jul-dez. 2012. ISSN 1984-2899 p. 75-76).

Deus permita que esta iniciativa da editora portuguesa desperte 143 anos depois da passagem de Antônio por Coimbra o interesse dos leitores, especialmente críticos e acadêmicos, pelo mais ilustre náufrago da literatura nacional.

TÁBUA

NOVOS CANTOS

DE SEXTILHAS DE FREI ANTÃO

ÚLTIMOS CANTOS

Canção do Exílio

Kemnst du das Land, wo die Citronen, blühen,
Im dunkeln die Gold-Orange glühen

Kemnst du es wohl? - Dahin dahin!
Möcht ich zielhn

Você conhece a terra, onde florescem os limões,
no escuro brilha a laranja dourada.

Você a conhece? – É pra lá que quero partir.

GOETHE

Minha terra tem palmeiras,
Onde canta o Sabiá;
As aves, que aqui gorjeiam,
Não gorjeiam como lá.

Nosso céu tem mais estrelas,
Nossas várzeas têm mais flores,
Nossos bosques têm mais vida,
Nossa vida mais amores.

Em cismar – sozinho – à noite –
Mais prazer encontro eu lá;
Minha terra tem palmeiras;
Onde canta o Sabiá.

Minha terra tem primores,
Que tais não encontro eu cá;
Em cismar – sozinho – à noite –
Mais prazer encontro eu lá;
Minha terra tem palmeiras,
Onde canta o Sabiá.

Não permita Deus que eu morra,
Sem que eu volte para lá;
Sem que eu desfrute os primores
Que não encontro por cá;
Sem qu'inda aviste as palmeiras,
Onde canta o Sabiá.

O Canto do Guerreiro

I

Aqui na floresta
Dos ventos batida,
Façanhas de bravos
Não geram escravos,
Que estimem a vida
Sem guerra e lidar.
— Ouvi-me, Guerreiros,
— Ouvi meu cantar.

II

Valente na guerra
Quem há, como eu sou?
Quem vibra o tacape
Com mais valentia?
Quem golpes daria
Fatais, como eu dou?
— Guerreiros, ouvi-me;
— Quem há como eu sou?

III

Quem guia nos ares
A frecha implumada,
Ferindo uma presa,
Com tanta certeza,
Na altura arrojada
Onde eu a mandar?
— Guerreiros, ouvi-me,
— Ouvi meu cantar.
(...)

V

Na caça ou na lide,
Quem há que me afronte?!
A onça raivosa
Meus passos conhece,
O imigo estremece,
E a ave medrosa
Se esconde no céu.
— Quem há mais valente,
— Mais destro do que eu?

VI

Se as matas estrujo
Co'os sons do Boré,
Mil arcos se encurvam,
Mil setas lá voam,
Mil gritos reboam,
Mil homens de pé
Eis surgem, respondem
Aos sons do Boré!
— Quem é mais valente,
— Mais forte quem é?
(...)

VIII

E o Piaga se ruge
No seu Maracá,
A morte lá paira
Nos ares frechados,
Os campos juncados
De mortos são já:
Mil homens viveram,
Mil homens são lá.

IX

E então se de novo
Eu toco o Boré;
Qual fonte que salta
De rocha empinada,
Que vai marulhosa,
Fremente e queixosa,
Que a raiva apagada
De todos não é,
Tal eles se escoam
Aos sons do Boré.
— Guerreiros, dizei-me,
— Tão forte quem é?

O Canto do Piaga

I

Ó Guerreiros da Taba sagrada,
Ó Guerreiros da Tribo Tupi,
Falam Deuses nos cantos do Piaga,
Ó Guerreiros, meus cantos ouvi.

Esta noite — era a lua já morta —
Anhangá me vedava sonhar;
Eis na horrível caverna, que habito,
Rouca voz começou-me a chamar.

Abro os olhos, inquieto, medroso,
Manitôs! que prodígios que vi!
Arde o pau de resina fumosa,
Não fui eu, não fui eu, que o acendi!

Eis rebenta a meus pés um fantasma,
Um fantasma d'imensa extensão;
Liso crânio repousa a meu lado,
Feia cobra se enrosca no chão.

O meu sangue gelou-se nas veias,
Todo inteiro — ossos, carnes — tremi,
Frio horror me coou pelos membros,
Frio vento no rosto senti.

Era feio, medonho, tremendo,
Ó Guerreiros, o espectro que eu vi.
Falam Deuses nos cantos do Piaga,
Ó Guerreiros, meus cantos ouvi!

II

Porque dormes, ó Piaga divino?
Começou-me a Visão a falar,
Porque dormes? O sacro instrumento
De per si já começa a vibrar.

Tu não viste nos céus um negrume
Toda a face do sol ofuscar;
Não ouviste a coruja, de dia,
Seus estrídulos torva soltar?

Tu não viste dos bosques a coma
Sem aragem – vergar-se a gemer,
Nem a lua de fogo entre nuvens,
Qual´em vestes de sangue, nascer?

E tu dormes, ó Piaga divino!
E Anhangá te proíbe sonhar!
E tu dormes, ó Piaga, e não sabes,
E não podes augúrios cantar?!

Ouve o anúncio do horrendo fantasma,
Ouve os sons do fiel Maracá;
Manitôs já fugiram da Taba!
Ó desgraça! ó ruína! ó Tupá!

III

Pelas ondas do mar sem limites
Basta selva, sem folhas, e vem;
Hartos troncos, robustos, gigantes;
Vossas matas tais monstros contêm.

Traz embira dos cimos pendente
– Brenha espessa de vário cipó –
Dessas brenhas contêm vossas matas,
Tais e quais, mas com folhas; e só!

Negro monstro os sustenta por baixo,
Brancas asas abrindo ao tufão,
Como um bando de cândidas garças,
Que nos ares pairando – lá vão.

Oh! quem foi das entranhas das águas,
O marinho arcabouço arrancar?
Nossas terras demanda, fareja...
Esse monstro... – o que vem cá buscar?

Não sabeis o que o monstro procura?
Não sabeis a que vem, o que quer?
Vem matar vossos bravos guerreiros,
Vem roubar-vos a filha, a mulher!

Vem trazer-vos crueza, impiedade —
Dons cruéis do cruel Anhangá;
Vem quebrar-vos a maça valente,
Profanar Manitôs, Maracás.

Vem trazer-vos algemas pesadas,
Com que a tribo Tupi vai gemer;
Hão de os velhos servirem de escravos,
Mesmo o Piaga inda escravo há de ser!

Fugireis procurando um asilo,
Triste asilo por ínvio sertão;
Anhangá de prazer há de rir-se,
Vendo os vossos quão poucos serão.

Vossos Deuses, ó Piaga, conjura,
Susta as iras do fero Anhangá.
Manitôs já fugiram da Taba,
Ó desgraça! ó ruína! ó Tupá!

Caxias

Ao aniversário de sua primeira independência
1.º DE AGOSTO

Caxias, bela flor, lírio dos vales,
Gentil senhora de mimosos campos,
Como por tantos anos foste escrava,
Como a indócil cerviz curvaste ao jugo?
Oh! como longos anos insofríveis,
Rainha altiva, destoucada e bela,
Rojaste aos pés de um régulo soberbo?
À míngua definhaste em negro câncer,
Onde um raio de sol não penetrava;
Em masmorra cruel, donde não vias
Cintilar o clarão d'amiga estrela...

Oh! não, que a luz da esperança tinhas n'alma,
E o sol da liberdade um dia viste,
De glória e de fulgor resplandecente,
Em céu sem nuvens no horizonte erguido.

Eis o som do tambor atroa os vales,
O clangor da trombeta, os sons das armas,
A terra abalam, despertando os ecos.
— Eia! Oh bravos, erguei-vos, — à peleja,
À fome, à sede, às privações, — erguei-vos!
Tu, Caxias, acorda, — tu, rainha,
Lamina de aço puro, envolta em ferro,
Ao sol refulgirás; — flor que esmoreces,
À míngua de ar, em cárcere de vidro,
Em ar mais livre cobrarás alento,
Graça, vida e frescor da liberdade.

Ante mural do lusitano arrojo,
Último abrigo seu, — feros soldados,
Veteranas cortes nos teus montes
Cavam bélicas tendas! — Um guerreiro,
O nobre Fidié, que a antiga espada
Do valor português empunha ardido,
No seu mando as retém: debalde, oh forte,
Expões teus dias! Teu esforço inútil
Não susta o sol no rápido declive,
Que imerge aquém dos Andes orgulhosos
Da África e da Ásia os desbotados louros!

Eia! — O brônzeo canhão rouqueja, estoura,
Ribomba o férreo som d'um eco em outro,
Nuvens de fumo e pó lá se condensam...
Correi, bravos, correi!... Mas tu és livre,
És livre como o arbusto dos teus prados,
Livre como o condor que aos céus se arroja;
És livre! — Mas na acesa fantasia
Debuxava-me o espírito exaltado
Fráguas cruas de morte, o horror da guerra
Descobrir, contemplar. — Oh! fora belo
Arriscar a existência em pró da pátria,
Regar de rubro sangue o pátrio solo,
E sangue e vida abandonar por ela.

Longe, delírios vãos, longe fantasmas
De ardor febricitante!
À glória deste dia comparar-se
Pôde acaso visão, delírio, ou sonho?
Ao fausto aniversário
Da nossa independência?
Aclamações altíssonas
Corram nos ares da imortal Caxias:
Seja padrão de glória entre nós outros
Santificada aurora,
Que os vis grilhões de escravos viu partidos.

Deprecação

Tupã, ó Deus grande! Cobriste o teu rosto
Com denso velâmen de penas gentis;
E jazem teus filhos clamando vingança
Dos bens que lhes deste da perda infeliz!

Tupã, ó Deus grande! Teu rosto descobre:
Bastante sofremos com tua vingança!
Já lágrimas tristes choraram teus filhos,
Teus filhos que choram tão grande mudança.

Anhangá impiedoso nos trouxe de longe
Os homens que o raio manejam cruentos,
Que vivem sem pátria, que vagam sem tino
Trás do ouro correndo, voraces, sedentos.

E a terra em que pisam, e os campos e os rios
Que assaltam, são nossos; tu és nosso Deus:
Por que lhes concedes tão alta pujança,
Se os raios de morte, que vibram, são teus?

Tupã, ó Deus grande! Cobriste o teu rosto
Com denso velâmen de penas gentis;
E jazem teus filhos clamando vingança
Dos bens que lhes deste da perda infeliz.

Teus filhos valentes, temidos na guerra,
No albor da manhã quão fortes que os vi!
A morte pousava nas plumas da frecha,
No gume da maça, no arco tupi!

E hoje em que apenas a enchente do rio
Cem vezes hei visto crescer e baixar...
Já restam bem poucos dos teus, qu'inda possam
Dos seus, que já dormem, os ossos levar.

Teus filhos valentes causavam terror,
Teus filhos enchiam as bordas do mar,
As ondas coalhavam de estreitas igaras,
De frechas cobrindo os espaços do ar.

Já hoje não caçam nas matas frondosas
A corça ligeira, o trombudo coati...
A morte pousava nas plumas da frecha,
No gume da maça, no arco tupi!

O Piaga nos disse que breve seria,
A que nos infliges cruel punição;
E os teus inda vagam por serras, por vales,
Buscando um asilo por ínvio sertão!

Tupã, ó Deus grande! Descobre o teu rosto:
Bastante sofremos com tua vingança!
Já lágrimas tristes choraram teus filhos,
Teus filhos que choram tão grande tardança.

Descobre o teu rosto, ressurjam os bravos,
Que eu vi combatendo no albor da manhã;
Conheçam-te os feros, confessem vencidos
Que és grande e te vingas, qu'és Deus, ó Tupã!

Aos meus amigos do Maranhão

Meus amigos, Adeus! Já no horizonte
O fulgor da manhã se empurpurece:
É puro e branco o céu, - as ondas mansas,
— Favorável a brisa; - irei de novo
Sorver o ar puríssimo das ondas,
E na vasta amplidão dos céus e mares
De vago imaginar embriagar-me!
Meus Amigos, Adeus! - Verei fulgindo
A lua em campo azul, e o sol no ocaso
Tingir de fogo a implacidez das águas;
Verei hórridas trevas lento e lento
Desceram, como um crepe funerário
Em negro esquife, onde repoisa a morte;
Verei a tempestade quando alarga
As negras asas de bulcões, e as vagas
Soberbas encastela, esporeando
O curto bojo de ligeiro barco,
Que geme, e ruge, e empina-se insofrido
Galgando os escarcéus, - bem larga esteira
De fósforo e de luz trás si deixando:
Generoso corcel, que sente as cruzes
Agudas de teimosos acicates
Lacerarem-lhe rábidas o ventre.

Inda uma vez, Adeus! Curtos instantes
De inefável prazer - horas bem curtas
De ventura e de paz frui convosco:
Oásis que encontrei no meu deserto,
Tépido vale entre fragosas serras
Virente derramado, foi a quadra
Da minha vida, que passei convosco.
Aqui de quanto amei, do que hei sofrido,
De tudo quanto almejo, espero, ou temo
Deslembrado vivi! - Oh! quem me dera
Que entre vós outros me alvejasse a fronte,
E que eu morresse entre vós! Mas força oculta,
Irresistível, me persegue e impele.
Qual folha instável em ventoso estio
Do vento ao sopro a esvoaçar sem custo;
Assim vou eu sem tino, - aqui pegadas
Mal firmes assentando - além pedaços
De mim mesmo deixando. Na floresta
O lasso viandante extraviado
Por todo o verde bosque estende os olhos,
E cansado esmorece, - cai, medita,
Respira mais de espaço, cobra alento,
E nas solidões de novo ei-lo se entranha.
Vestígios mal seguros sopra o vento,
Ou nivela-os a chuva, ou relva os cobre:
Talvez que folhas ásperas de arbusto
Mordam velos da túnica, e denotem
(Duvida o viajor, que os vê com pasmo)
Que errante caminheiro ali passasse.
E eu parti! - Não chorei, que do meu pranto
A larga fonte jaz de há muito exausta;
Há muito que os meus olhos não gotejam

O repassado fel d'acre amargura;
E o pranto no meu peito represado
Em cinza o coração me há convertido.
É assim que um vulcão se torna fonte
De linfa amarga e quente; e a fonte em ermo,
Onde não crescem perfumadas flores,
Nem tenras aves seus gorjeios soltam,
Nem triste viajor encontra abrigo.

Rasgado o coração de pena acerba,
Transido de aflições, cheio de mágoa,
Miserando parti! tal quando réprobo,
Adão, cobrindo os olhos co'as mãos ambas,
Em meio a sua dor só descobria
Do Arcanjo os candidíssimos vestidos,
E os lampejos da espada fulminante,
Que o Éden tão mimoso lhe vedava.
Porém quando algum dia o colorido
Das vivas ilusões, que inda conservo,
Sem força esmorecer, - e as tão viçosas
Esp'ranças, que eu educo, se afundarem
Em mar de desenganos; - a desgraça
Do naufrágio da vida há de arrojar-me
A praia tão querida, que ora deixo,
Tal parte o desterrado: um dia as vagas
Hão de os seus restos rejeitar na praia,
Donde tão novo se partira, e onde
Procura a cinza fria achar jazigo.

POESIAS DIVERSAS

A Minha Musa

Gratia, Musa, tibi; nam tu solattia praebes.
OVÍDIO

Minha Musa não é como ninfa
Que se eleva das águas - gentil -
Co'um sorriso nos lábios mimosos,
Com requebros, com ar senhoril.

Nem lhe pousa nas faces redondas
Dos fagueiros anelos a cor;
Nesta terra não tem uma esp'rança,
Nesta terra não tem um amor.

Como fada de meigos encantos,
Não habita um palácio encantado,
Quer em meio de matas sombrias,
Quer à beira do mar levantado.

Não tem ela uma senda florida,
De perfumes, de flores bem cheia,
Onde vague com passos incertos,
Quando o céu de luzeiros se arreia.

Não é como a de Horácio a minha Musa;
Nos soberbos alpendres dos Senhores
Não é que ela reside;
Ao banquete do grande em lauta mesa,
Onde gira o falerno em taças d'oiro,
Não é que ela preside.

Ela ama a solidão, ama o silêncio,
Ama o prado florido, a selva umbrosa
E da rola o carpir.
Ela ama a viração da tarde amena,
O sussurro das águas, os acentos
De profundo sentir.

D'Anacreonte o gênio prazenteiro,
Que de flores cingia a fronte calva
Em brilhante festim,
Tomando inspirações à doce amada,
Que leda lh'enflorava a ebúrnea lira;
De que me serve, a mim?

Canções que a turba nutre, inspira, exalta
Nas cordas magoadas me não pousam
Da lira de marfim.
Correm meus dias, lacrimosos, tristes,
Como a noite que estende as negras asas
Por céu negro e sem fim.

É triste a minha Musa, como é triste
O sincero verter d'amargo pranto
D'órfã singela;
E triste como o som que a brisa espalha,
Que cicia nas folhas do arvoredo
Por noite bela.

É triste como o som que o sino ao longe
Vai perder na extensão d'ameno prado
Da tarde no cair,
Quando nasce o silêncio involto em trevas,
Quando os astros derramam sobre a terra
Merencório luzir.

Ela então, sem destino, erra por vales,
Erra por altos montes, onde a enxada
Fundo e fundo cavou;
E pára; perto, jovial pastora
Cantando passa - e ela cisma ainda
Depois que esta passou.

Além - da choça humilde s'ergue o fumo
Que em risonha espiral se eleva às nuvens
Da noite entre os vapores;
Muge solto o rebanho; e lento o passo,
Cantando em voz sonora, porém baixa,
Vêm andando os pastores.

Outras vezes também, no cemitério,
Incerta volve o passo, soletrando
Recordações da vida;
Roça o negro cipreste, calca o musgo,
Que o tempo fez brotar por entre as fendas
Da pedra carcomida.

Então corre o meu pranto muito e muito
Sobre as úmidas cordas da minha Harpa,
Que não ressoam;
Não choro os mortos, não; choro os meus dias
Tão sentidos, tão longos, tão amargos,
Que em vão se escoam.

Nesse pobre cemitério
Quem já me dera um lugar!
Esta vida mal vivida
Quem já ma dera acabar!

Tenho inveja ao pegureiro,
Da pastora invejo a vida,
Invejo o sono dos mortos
Sob a laje carcomida.

Se qual pegão tormentoso,
O sopro da desventura
Vai bater potente à porta
De sumida sepultura:

Uma voz não lhe responde,
Não lhe responde um gemido,
Não lhe responde uma prece,
Um ai - do peito sentido.

Já não têm voz com que falem,
Já não têm que padecer;
No passar da vida à morte
Foi seu extremo sofrer.

Que lh'importa a desventura?
Ela passou, qual gemido
Da brisa em meio da mata
De verde alecrim florido.

Quem me dera ser como eles!
Quem me dera descansar!
Nesse pobre cemitério
Quem me dera o meu lugar,
E co'os sons das Harpas d'anjos
Da minha Harpa os sons casar!

A Leviana

Souvent femme varie,
Bien fol est qui s'y fie.

FRANCISCO I

És engraçada e formosa
Como a rosa,
Como a rosa em mês d'Abril;
És como a nuvem doirada
Deslizada,
Deslizada em céus d'anil.

Tu és vária e melindrosa,
Qual formosa
Borboleta num jardim,
Que as flores todas afaga,
E divaga
Em devaneio sem fim.

És pura, como uma estrela
Doce e bela,
Que treme incerta no mar:
Mostras nos olhos tua alma
Terna e calma,
Como a luz d'almo luar.

Tuas formas tão donosas,
Tão airosas,
Formas da terra não são;
Pareces anjo formoso,
Vaporoso,
Vindo da etérea mansão.

Assim, beijar-te receio,
Contra o seio
Eu tremo de te apertar:
Pois me parece que um beijo
É sobejo
Para o teu corpo quebrar.

Mas não digas que és só minha!
Passa asinha
A vida, como a ventura;
Que te não vejam brincando,
E folgando
Sobre a minha sepultura.

Tal os sepulcros colora
Bela aurora
De fulgores radiante;
Tal a vaga mariposa
Brinca e pousa
Dum cadáver no semblante.

Delírio

Quando dormimos o nosso espírito vela

ÉSQUILO

A noite quando durmo, esclarecendo
As trevas do meu sono,
Uma etérea visão vem assentar-se
Junto ao meu leito aflito!
Anjo ou mulher? não sei. - Ah! se não fosse
Um qual véu transparente,
Como que a alma pura ali se pinta
Ao través do semblante,
Eu a crera mulher... - E tentas, louco,
Recordar o passado,
Transformando o prazer, que desfrutaste,
Em lentas agonias?!

Visão, fatal visão, por que derramas
Sobre o meu rosto pálido
A luz de um longo olhar, que amor exprime
E pede compaixão?
Por que teu coração exala uns fundos,
Magoados suspiros,
Que eu não escuto, mas que vejo e sinto
Nos teus lábios morrer?
Por que esse gesto e mórbida postura
De macerado espírito,
Que vive entre aflições, que já nem sabe
Desfrutar um prazer?

Tu falas! tu que dizes? este acento,
Esta voz melindrosa,
Noutros tempos ouvi, porém mais leda;
Era um hino d'amor.
A voz, que escuto, é magoada e triste,
— Harmonia celeste,
Que à noite vem nas asas do silêncio
Umedecer as faces
Do que enxerga outra vida além das nuvens.
Esta voz não é sua;
É acorde talvez d'harpa celeste,
Caído sobre a terra!

Balbucias uns sons, que eu mal percebo,
Doridos, compassados,
Fracos, mais fracos; - lágrimas despontam
Nos teus olhos brilhantes...
Choras! tu choras!... Para mim teus braços
Por força irresistível
Estendem-se, procuram-me; procuro-te
Em delírio afanoso.
Fatídico poder entre nós ambos
Ergueu alta barreira;
Ele te enlaça e prende... mal resistes...
Cedes enfim. . . acordo!

Acordo do meu sonho tormentoso,
E choro o meu sonhar!
E fecho os olhos, e de novo intento
O sonho reatar.
Embalde! porque a vida me tem preso;
E eu sou escravo seu!
Acordado ou dormindo, é triste a vida
Dês que o amor se perdeu.
Há contudo prazer em nos lembrarmos
Da passada ventura,
Como o que educa flores vicejantes
Em triste sepultura.

Canção

Yo no soy más que un poeta,
Sin otro bien que mi lira.

ZORRILLA

"Tenho uma harpa religiosa,
Toda inteira fabricada
De madeira preciosa
Sobre o Líbano cortada.
    Foi o Senhor quem ma deu,
    De santas palmas coberta,
    Que as notas suas concerta
    Aos sons do saltério hebreu!
Tenho alaúde polido
Em que antigos Trovadores,
Em tom de guerra atrevido,
Cantavam trovas de amores.
    Mas chegando a Santa Cruz,
    De volta do meu desterro,
    Cortei-lhe as cordas de ferro.
    Cordas de prata lhe pus.
Tenho também uma lira
De festões engrinaldada,
Onde minha alma afinada
Melindres d'amor suspira.
    Nas grinaldas, nos festões,
    Nas rosas com que s'inflora,
    Goteja o orvalho da aurora,
    Ditame dos corações.

Eis o que tenho, ó Donzela,
Só harpa, alaúde e lira;
Nem vejo sorte mais bela,
Nem coisa que lhe eu prefira.
   Votei assim ao meu Deus
   A minha harpa religiosa,
   A ti a lira mimosa,
   O grave alaúde aos meus!"

Sofrimento

Meu Deus, Senhor meu Deus, o que há no mundo
Que não seja sofrer?
O homem nasce, e vive um só instante,
E sofre até morrer!

A flor ao menos, nesse breve espaço
Do seu doce viver,
Encanta os ares com celeste aroma,
Querida até morrer.

É breve o romper d'alva, mas ao menos
Traz consigo prazer;
E o homem nasce e vive um só instante:
E sofre até morrer!

Meu peito de gemer já está cansado,
Meus olhos de chorar;
E eu sofro ainda, e já não posso alívio
Sequer no pranto achar!

Já farto de viver, em meia vida,
Quebrado pela dor,
Meus anos hei passado, uns após outros,
Sem paz e sem amor.

O amor que eu tanto amava do imo peito,
Que nunca pude achar,
Que embalde procurei, na flor, na planta,
No prado, e terra, e mar!

E agora o que sou eu? — Pálido espectro,
Que da campa fugiu;
Flor ceifada em botão; imagem triste
De um ente que existiu...

Não escutes, meu Deus, esta blasfêmia;
Perdão, Senhor, perdão!
Minha alma sinto ainda, — sinto, escuto
Bater-me o coração.

Quando roja meu corpo sobre a terra,
Quando me aflige a dor,
Minha alma aos céus se eleva, como o incenso,
Como o aroma da flor.

E eu bendigo o teu nome eterno e santo,
Bendigo a minha dor,
Que vai além da terra aos céus infindos
Prender-me ao criador.

Bendigo o nome teu, que uma outra vida
Me fez descortinar,
Uma outra vida, onde não há só trevas,
E nem há só penar.

A Escrava

Oh bien qu'aucun bien ne peut rendre,
Patrie, doux nom que l'exile fait comprendre

MARINO FALIERO

Oh! doce país de Congo,
Doces terras d'além-mar!
Oh! dias de sol formoso!
Oh! noites d'almo luar!

Desertos de branca areia
De vasta, imensa extensão,
Onde livre corre a mente,
Livre bate o coração!

Onde a leda caravana
Rasga o caminho passando,
Onde bem longe se escuta
As vozes que vão cantando!

Onde longe inda se avista
O turbante muçulmano,
O Iatagã recurvado,
Preso à cinta do Africano!

Onde o sol na areia ardente
Se espelha, como no mar;
Oh! doces terras de Congo,
Doces terras d'além-mar!

Quando a noite sobre a terra
Desenrolava o seu véu,
Quando sequer uma estrela
Não se pintava no céu;

Quando só se ouvia o sopro
De mansa brisa fagueira,
Eu o aguardava — sentada
Debaixo da bananeira.

Um rochedo ao pé se erguia,
Dele à base uma corrente
Despenhada sobre pedras,
Murmurava docemente.

E ele às vezes me dizia:
— "Minha Alsgá, não tenhas medo:
Vem comigo, vem sentar-te
Sobre o cimo do rochedo."

E eu respondia animosa:
— "Irei contigo, onde fores!"
E tremendo e palpitando
Me cingia aos meus amores.

Ele depois me tornava
Sobre o rochedo — sorrindo:
— "As águas desta corrente
Não vês como vão fugindo?

"Tão depressa corre a vida,
Minha Alsgá; depois morrer
Só nos resta!... — Pois a vida
Seja instantes de prazer.

"Os olhos em torno volves
Espantados — Ah! também
Arfa o teu peito ansiado!...
Acaso temes alguém?

"Não receies de ser vista,
Tudo agora jaz dormente;
Minha voz mesmo se perde
No fragor desta corrente.

"Minha Alsgá, por que estremeces?
Por que me foges assim?
Não te partas, não me fujas,
Que a vida me foge a mim!

"Outro beijo acaso temes,
Expressão de amor ardente?
Quem o ouviu? — o som perdeu-se
No fragor desta corrente."

Assim praticando amigos
A aurora nos vinha achar!
Oh! doces terras de Congo,
Doces terras d'além-mar!

Do ríspido Senhor a voz irada
Rábida soa,
Sem o pranto enxugar a triste escrava
Pávida voa.

Mas era em mora por cismar na terra,
Onde nascera,
Onde vivera tão ditosa, e onde
Morrer devera!

Sofreu tormentos, porque tinha um peito,
Qu'inda sentia;
Mísera escrava! no sofrer cruento,
"Congo!" dizia.

Desejo

E poi morir.
METASTÁSIO

Ah! que eu não morra sem provar, ao menos
Sequer por um instante, nesta vida
Amor igual ao meu!
Dá, Senhor Deus, que eu sobre a terra encontre
Um anjo, uma mulher, uma obra tua,
Que sinta o meu sentir;
Uma alma que me entenda, irmã da minha,
Que escute o meu silêncio, que me siga
Dos ares na amplidão!
Que em laço estreito unidas, juntas, presas,
Deixando a terra e o lodo, aos céus remontem
Num êxtase de amor!

Seus Olhos

Oh! rouvre tes grands yeux, dont la paupiére tremble,
Tes yeux pleins de langueur;
Leur regard est si beau quand nous sommes ensemble!
Rouvre-les; ce regard manque à ma vie, il semble
Que tu fermes ton coeur.

TURQUETY

Seus olhos tão negros, tão belos, tão puros,
De vivo luzir,
Estrelas incertas, que as águas dormentes
Do mar vão ferir;

Seus olhos tão negros, tão belos, tão puros,
Têm meiga expressão,
Mais doce que a brisa, - mais doce que o nauta
De noite cantando, - mais doce que a frauta
Quebrando a solidão.

Seus olhos tão negros, tão belos, tão puros,
De vivo luzir,
São meigos infantes, gentis, engraçados
Brincando a sorrir.

São meigos infantes, brincando, saltando
Em jogo infantil,
Inquietos, travessos; - causando tormento,
Com beijos nos pagam a dor de um momento,
Com modo gentil.

Seus olhos tão negros, tão belos, tão puros,
Assim é que são;
Às vezes luzindo, serenos, tranquilos,
Às vezes vulcão!

Às vezes, oh! sim, derramam tão fraco,
Tão frouxo brilhar,
Que a mim me parece que o ar lhes falece,
E os olhos tão meigos, que o pranto umedece
Me fazem chorar.

Assim lindo infante, que dorme tranquilo,
Desperta a chorar;
E mudo e sisudo, cismando mil coisas,
Não pensa - a pensar.

Nas almas tão puras da virgem, do infante,
Às vezes do céu
Cai doce harmonia duma Harpa celeste,
Um vago desejo; e a mente se veste
De pranto co'um véu.

Quer sejam saudades, quer sejam desejos
Da pátria melhor;
Eu amo seus olhos que choram sem causa
Um pranto sem dor.

Eu amo seus olhos tão negros, tão puros,
De vivo fulgor;
Seus olhos que exprimem tão doce harmonia,
Que falam de amores com tanta poesia.
Com tanto pudor.

Seus olhos tão negros, tão belos, tão puros,
Assim é que são;
Eu amo esses olhos que falam de amores
Com tanta paixão.

Recordação e Desejo

Ao meu bom amigo o Dr. A. Rego

Sol chi non lascia eredità d'affeti
Poca gioia ha dell'urna.
Foscolo

I

Houve tempo em que os meus olhos
Gostavam do sol brilhante,
E do negro véu da noite,
E da aurora cintilante.

Gostavam da branca nuvem
Em céu de azul espraiada,
Do terno gemer da fonte
Sobre pedras despenhada.

Gostavam das vivas cores
De bela flor vicejante,
E da voz imensa e forte
Do verde bosque ondeante.

Inteira a natureza me sorria!
A luz brilhante, o sussurrar da brisa,
O verde bosque, o rosicler d'aurora,
Estrelas, céus, e mar, e sol, e terra,
D'esperança e d'amor minha alma ardente,
De luz e de calor meu peito enchiam.
Inteira a natureza parecia
Meus mais fundos, mais íntimos desejos
Perscrutar e cumprir; - almo sorriso
Parecia enfeitar co'os seus encantos,
Com todo o seu amor compor, doirá-lo,
Porque os meus olhos deslumbrados vissem-no,
Porque minha alma de o sentir folgasse.

Oh! quadra tão feliz! - Se ouvia a brisa
Nas folhas sussurrando, o som das águas,
Dos bosques o rugir; - se os desejava,
— O bosque, a brisa, a folha, o trepidante
Das águas murmurar prestes ouvia.
Se o sol doirava os céus, se a lua casta.
Se as tímidas estrelas cintilavam,
Se a flor desabrochava envolta em musgo,
— Era a flor que eu amava, - eram estrelas
Meus amores somente, o sol brilhante,
A lua merencória - os meus amores!
Oh! quadra tão feliz! - doce harmonia,
Acordo estreme de vontade e força,
Que atava minha vida à natureza!
Ela era para mim bem como a esposa
Recém-casada, pudica sorrindo;
Alma de noiva - coração de virgem,
Que a minha vida inteira abrilhantava!
Quando um desejo me brotava n'alma,

Ela o desejo meu satisfazia;
E o quer que ela fizesse ou me dissesse,
Esse era o meu desejo, essa a voz minha,
Esse era o meu sentir do fundo d'alma,
Expresso pela voz que eu mais amava.

II

Agora a flor que m'importa,
Ou a brisa perfumada,
Ou o som d'amiga fonte
Sobre pedras despenhada?

Que me importa a voz confusa
Do bosque verde-frondoso,
Que m'importa a branca lua,
Que m'importa o sol formoso?

Que m'importa a nova aurora,
Quando se pinta no céu;
Que m'importa a feia noite,
Quando desdobra o seu véu?

Estas cenas, que amei, já me não causam
Nem dor e nem prazer! - Indiferente,
Minha alma um só desejo não concebe,
Nem vontade já tem!... Oh! Deus! quem pôde
Do meu imaginar as puras asas
Cercear, desprender-lhe as níveas plumas,
Rojá-las sobre o pó, calcá-las tristes?
Perante a criação tão vasta e bela
Minha alma é como a flor que pende murcha;
É qual profundo abismo: - embalde estrelas
Brilham no azul dos céus, embalde a noite

Estende sobre a terra o negro manto:
Não pode a luz chegar ao fundo abismo,
Nem pode a noite enegrecer-lhe a face;
Não pode a luz à flor prestar mais brilho
Nem viço e nem frescor prestar-lhe a noite!

III

Houve tempo em que os meus olhos
Se extasiavam de ver
Ágil donzela formosa
Por entre flores correr.

Gostavam de um gesto brando,
Que revelasse pudor;
Gostavam de uns olhos negros,
Que rutilassem de amor.

E gostavam meus ouvidos
De uma voz - toda harmonia, -
Quer pesares exprimisse,
Quer exprimisse alegria.

Era um prazer, que eu tinha, ver a virgem
Indolente ou fugaz - alegre ou triste,
Da vida a estreita senda desflorando
Com pé ligeiro e ânimo tranquilo;
lmpróvida e brilhante parecendo
Seus dias desfolhar, uns após outros,
Como folhas de rosa; - e no futuro -
Ver luzir-lhe somente a luz d'aurora.
Era deleite e dor vê-la tão leda
Do mundo as aflições, angústias, prantos
Afrontar co'um sorriso; era um descanso

Interno e fundo, que sentia a mente,
Um quadro em que os meus olhos repousavam,
Ver tanta formosura e tal pureza
Em rosto de mulher com alma d'anjo!

IV

Houve tempo em que os meus olhos
Gostavam de lindo infante,
Com a candura e sorriso
Que adorna infantil semblante.

Gostavam do grave aspecto
De majestoso ancião,
Tendo nos lábios conselhos,
Tendo amor no coração.

Um representa a inocência,
Outro a verdade sem véu;
Ambos tão puros, tão graves,
Ambos tão perto do céu!

Infante e velho! - princípio e fim da vida! -
Um entra neste mundo, outro sai dele,
Gozando ambos da aurora; - um sobre a terra,
E o outro lá nos céus. - O Deus, que é grande,
Do pobre velho compensando as dores,
O chama para si; o Deus clemente
Sobre a inocência de continuo vela.
Amei do velho o majestoso aspecto,
Amei o infante que não tem segredos,
Nem cobre o coração co'os folhos d'alma.

Amei as doces vozes da inocência,
A ríspida franqueza amei do velho,
E as rígidas verdades mal sabidas,
Só por lábios senis pronunciadas.

V

Houve tempo, em que possível
Eu julguei no mundo achar
Dois amigos extremosos,
Dois irmãos do meu pensar:

Amigos que compr'endessem
Meu prazer e minha dor,
Dos meus lábios o sorriso,
Da minha alma o dissabor;

Amigos, cuja existência
Vivesse eu co'o meu viver:
Unidos sempre na vida,
Unidos - té no morrer.

Amizade! - união, virtude, encanto -
Consórcio do querer, de força e d'alma -
Dos grandes sentimentos cá da terra
Talvez o mais recíproco, o mais fundo!
Quem há que diga: Eu sou feliz! - se acaso
Um amigo lhe falta? - um doce amigo,
Que sinta o seu prazer como ele o sente,
Que sofra a sua dor como ele a sofre?
Quando a ventura lhe sorri na vida,
Um a par doutro - ei-los lá vão felizes;
Quando um sente aflição, nos braços do outro
A aflição, que é só dum, carpindo juntos,
Encontra doce alívio o desditoso

No tesouro que encerra um peito amigo.
Cândido par de cisnes, vão roçando
A face azul do mar co'as níveas asas
Em deleite amoroso; - acalentados
Pelo sereno espreguiçar das ondas,
Aspirando perfumes mal sentidos,
Por vesperina aragem bafejados,
É jogo o seu viver; - porém se o vento
No frondoso arvoredo ruge ao longe,
Se o mar, batendo irado as ermas praias,
Cruzadas vagas em novelo enrola,
Com grito de terror o par candente
Sacode as níveas asas, bate-as, - fogem.

VI

Houve tempo em que eu pedia
Uma mulher ao meu Deus,
Uma mulher que eu amasse,
Um dos belos anjos seus.

Em que eu a Deus só pedia
Com fervorosa oração
Um amor sincero e fundo,
Um amor do coração.

Qu'eu sentisse um peito amante
Contra o meu peito bater,
Somente um dia... somente!
E depois dele morrer.

Amei! e o meu amor foi vida insana!
Um ardente anelar, cautério vivo,
Posto no coração, a remordê-lo.
Não tinha uma harmonia a natureza
Comparada a sua voz; não tinha cores
Formosas como as dela, - nem perfumes
Como esse puro odor qu'ela esparzia
D'angélica pureza. - Meus ouvidos
O feiticeiro som dos meigos lábios
Ouviam com prazer; meus olhos vagos
De a ver não se cansavam; lábios d'homens
Não puderam dizer como eu a amava!
E achei que o amor mentia, e que o meu anjo
Era apenas mulher! chorei! deixei-a!
E aqueles, que eu amei co'o amor d'amigo,
A sorte, boa ou má, levou-mos longe,
Bem longe quando eu perto os carecia.
Concluí que a amizade era um fantasma,
Na velhice prudente - hábito apenas,
No jovem - doudejar; em mim lembrança;
Lembrança! - porém tal que a não trocara
Pelos gozos da terra, - meus prazeres
Foram só meus amigos, - meus amores
Hão de ser neste mundo eles somente.

VII

Houve tempo em que eu sentia
Grave e solene aflição,
Quando ouvia junto ao morto
Cantar-se a triste oração.

Quando ouvia o sino escuro
Em sons pesados dobrar,
E os cantos do sacerdote
Erguidos junto do altar.

Quando via sobre um corpo
A fria lousa cair;
Silêncio debaixo dela,
Sonhos talvez - e dormir.

Feliz quem dorme sob a lousa amiga,
Tépida talvez com o pranto amargo
Dos olhos da aflição; - se os mortos sentem,
Ou se almas tem amor aos seus despojos,
Certo dos pés dó Eterno, entre a aleluia,
E o gozo lá dos céus, e os coros d'anjos,
Hão de lembrar-se com prazer dos vivos,
Que choram sobre a campa, onde já brota
O denso musgo, e já desponta a relva.

Laje fria dos mortos! quem me dera
Gozar do teu descanso, ir asilar-me
Sob o teu santo horror, e nessas trevas
Do bulício do mundo ir esconder-me!
Oh! laje dos sepulcros! quem me desse
No teu silêncio fundo asilo eterno!
Aí não pulsa o coração, nem sente
Martírios de viver quem já não vive.

HINOS

Singen dem hern mein Lied, und Du beigerstete Seele,
Werde dam ganz Jubel, den alle alle Wesen bekennen!

WIELAND

Mesquinho tributo de profunda amizade
Ao dr. J. Lisboa Serra

O Mar

Frappé de ta grandeur farouche
Je tremble... est-ce bien toi, vieux lion que je touche,
Océan, terrible océan!

TURQUETY

Oceano terrível, mar imenso
De vagas procelosas que se enrolam
Floridas rebentando em branca espuma
Num pólo e noutro pólo,
Enfim... enfim te vejo; enfim meus olhos
Na indômita cerviz trêmulos cravo,
E esse rugido teu sanhudo e forte
Enfim medroso escuto!

Donde houveste, ó pélago revolto,
Esse rugido teu? Em vão dos ventos
Corre o insano pegão lascando os troncos,

E do profundo abismo
Chamando à superficie infindas vagas,
Que avaro encerras no teu seio undoso;
Ao insano rugir dos ventos bravos
Sobressai teu rugido.
Em vão troveja horríssona tormenta;
Essa voz do trovão, que os céus abala,
Não cobre a tua voz. — Ah! donde a houveste,
Majestoso oceano?

Ó mar, o teu rugido é um eco incerto
Da criadora voz, de que surgiste:
Seja, disse; e tu foste, e contra as rochas
As vagas compeliste.
E à noite, quando o céu é puro e limpo,
Teu chão tinges de azul, — tuas ondas correm
Por sobre estrelas mil; turvam-se os olhos
Entre dois céus brilhantes.

Da voz de Jeová um eco incerto
Julgo ser teu rugir; mas só, perene,
Imagem do infinito, retratando
As feituras de Deus.
Por isto, a sós contigo, a mente livre
Se eleva, aos céus remonta ardente, altiva,
E deste lodo terreal se apura,
Bem como o bronze ao fogo.
Férvida a Musa, co'os teus sons casada,
Glorifica o Senhor de sobre os astros
Co'a fronte além dos céus, além das nuvens,
E co'os pés sobre ti.

O que há mais forte do que tu? Se erriças
A coma perigosa, a nau possante,
Extremo de artificio, em breve tempo
Se afunda e se aniquila.
És poderoso sem rival na terra;
Mas lá te vás quebrar num grão d'areia,
Tão forte contra os homens, tão sem força
Contra coisa tão fraca!

Mas nesse instante que me está marcado,
Em que hei de esta prisão fugir p'ra sempre,
Irei tão alto, ó mar, que lá não chegue
Teu sonoro rugido.
Então mais forte do que tu, minha alma,
Desconhecendo o temor, o espaço, o tempo,
Quebrará num relance o círc'lo estreito
Do finito e dos céus!

Então, entre miríades de estrelas,
Cantando hinos d'amor nas harpas d'anjos,
Mais forte soará que as tuas vagas,
Mordendo a fulva areia;
Inda mais doce que o singelo canto
De merencória virgem, quando a noite
Ocupa a terra, — e do que a mansa brisa,
Que entre flores suspira.

Rosa no Mar

Rosa, rosa de amor purpúrea e bela,
Quem entre os goivos te esfolhou da campa!

GARRET

Por uma praia arenosa,
Vagarosa
Divagava uma Donzela;
Dá largas ao pensamento.
Brinca o vento
Nos soltos cabelos dela.

Leve ruga no semblante
Vem num instante,
Que noutro instante se alisa;
Mais veloz que a sua idéia
Não volteia,
Não gira, não foge a brisa.

No virginal devaneio
Arfa o seio,
Pranto ao riso se mistura;
Doce rir dos céus encanto,
Leve pranto,
Que amargo não é, nem dura.

Nesse lugar solitário,
— Seu fadário. —
De ver o mar se recreia;
De o ver, à tarde, dormente,
Docemente
Suspirar na branca areia.

Agora, qual sempre usava,
Divagava
Em seu pensar embebida;
Tinha no seio uma rosa
Melindrosa,
De verde musgo vestida.

Ia a virgem descuidosa,
Quando a rosa
Do seio no chão lhe cai:
Vem um'onda bonançosa,
Qu'impiedosa
A flor consigo retrai.

A meiga flor sobrenada;
De agastada,
A virge' a não quer deixar!
Bóia a flor; a virgem bela,
Vai trás ela,
Rente, rente — à beira-mar.

Vem a onda bonançosa,
Vem a rosa;
Foge a onda, a flor também.
Se a onda foge, a donzela
Vai sobre ela!
Mas foge, se a onda vem.

Muitas vezes enganada,
De enfadada
Não quer deixar de insistir;
Das vagas menos se espanta,
Nem com tanta
Presteza lhes quer fugir.

Nisto o mar que se encapela
A virgem bela
Recolhe e leva consigo;
Tão falaz em calmaria,
Como a fria
Polidez de um falso amigo.

Nas águas alguns instantes,
Flutuantes
Nadaram brancos vestidos:
Logo o mar
todo bonança,
A praia cansa
Com monótonos latidos.

Um doce nome querido
Foi ouvido,
Ia a noite em mais de meia:
Toda a praia perlustraram,
Nem acharam
Mais que a flor na branca areia.

Ideia de Deus

Gross ist der Herr! Die Himmel ohne Zahl
Sind seine Wohnungen!
Seine Wagen die donnernden Gewolke,
Und Blitze sein Gespann.
KLEIST

I

À voz de Jeová infindos mundos
Se formaram do nada;
Rasgou-se o horror das trevas, fez-se o dia,
E a noite foi criada,

Luziu no espaço a lua! Sobre a terra
Rouqueja o mar raivoso,
E as esferas nos céus ergueram hinos
Ao Deus prodigioso.

Hino de amar a criação, que soa
Eternal, incessante,
Da noite no remanso, no ruído
Do dia cintilante!

A morte, as aflições, o espaço, o tempo,
O que é para o Senhor?
Eterno, imenso, que lh'importa a sanha
Do tempo roedor?

Como um raio de luz, percorre o espaço,
E tudo nota e vê –
O argueiro, os mundos, o universo, o justo;
E o homem que não crê.

E Ele que pode aniquilar os mundos,
Tão forte como Ele é,
E vê e passa, e não castiga o crime,
Nem o ímpio sem fé!

Porém quando corrupto um povo inteiro
O Nome seu maldiz,
Quando só vive de vingança e roubos,
Julgando-se feliz;

Quando o ímpio comanda, quando o justo
Sofre as penas do mal,
E as virgens sem pudor, e as mães sem honra.
E a justiça venal;

Ai da perversa, da nação maldita,
Cheia de ingratidão,
Que há de ela mesma sujeitar seu colo
A justa punição.

Ou já terrível peste expande as asas,
Bem lenta a esvoaçar;
Vai de uns a outros, dos festins conviva,
Hóspede em todo o lar!

Ou já torvo rugir da guerra acesa
Espalha a confusão;
E a esposa, e a filha, de tenor opresso,
Não sente o coração.

E o pai, e o esposo, no morrer cruento,
Vomita o fel raivoso;
— Milhões de insetos vis que um pé gigante
Enterra em chão lodoso.

E do povo corrupto um povo nasce
Esperançoso e crente.
Como do podre e carunchoso tronco
Hástea forte e virente.

II

Oh! Como é grande o Senhor Deus, que os mundos
Equilibra nos ares;
Que vai do abismo aos céus, que susta as iras
Do pélago fremente,

A cujo sopro a máquina estrelada
Vacila nos seus eixos,
A cujo aceno os querubins se movem
Humildes, respeitosos,

Cujo poder, que é sem igual, excede
A hipérbole arrojada!
Oh! Como é grande o Senhor Deus dos mundos,
O Senhor dos prodígios.

III

Ele mandou que o sol fosse princípio,
E razão de existência,
Que fosse a luz dos homens – olho eterno
Da sua providência.

Mandou que a chuva refrescasse os membros,
Refizesse o vigor
Da terra hiante, do animal cansado
Em praino abrasador.

Mandou que a brisa sussurrasse amiga,
Roubando aroma à flor;
Que os rochedos tivessem longa vida,
E os homens grato amor!

Oh! Como é grande e bom o Deus que manda
Um sonho ao desgraçado,
Que vive agro viver entre misérias,
De ferros rodeado;

O Deus que manda ao infeliz que espere
Na sua providência;
Que o justo durma, descansado e forte
Na sua consciência!

Que o assassino de contínuo vele,
Que trema de morrer;
Enquanto lá nos céus, o que foi morto,
Desfruta outro viver!

Oh! Como é grande o Senhor Deus, que rege
A máquina estrelada,
Que ao triste dá prazer; descanso e vida
À mente atribulada!

NOVOS CANTOS

Não me deixes!

Debruçada nas águas dum regato
    A flor dizia em vão
À corrente, onde bela se mirava...
    "Ai, não me deixes, não!"

"Comigo fica ou leva-me contigo
    Dos mares à amplidão;
Límpido ou turvo, te amarei constante;
    Mas não me deixes, não!"

E a corrente passava; novas águas
    Após as outras vão;
E a flor sempre a dizer curva na fonte:
    "Ai, não me deixes, não!"

E das águas que fogem incessantes
    À eterna sucessão
Dizia sempre a flor, e sempre embalde:
    "Ai, não me deixes, não!"

Por fim desfalecida e a cor murchada,
    Quase a lamber o chão,
Buscava inda a corrente por dizer-lhe
    Que a não deixasse, não.

A corrente impiedosa a flor enleia,
    Leva-a do seu torrão;
A afundar-se dizia a pobrezinha:
    "Não me deixaste, não!"

Rola

Desque amor me deu que eu lesse
Nos teus olhos minha sina,
Ando, como a peregrina
Rola, que o esposo perdeu!
Seja noite ou seja dia,
Eu te procuro constante:
Vem, oh! vem, ó meu amante,
Tua sou e tu és meu!

Vem, oh vem, que por ti clamo;
Vem contentar meus desejos,
Vem fartar-me com teus beijos,
Vem saciar-me de amor!
Amo-te, quero-te, adoro-te,
Abraso-me quando em ti penso,
E em fogo voraz, intenso,
Anseio louca de amor!

Vem, que te chamo e te aguardo,
Vem apertar-me em teus braços,
Estreitar-me em doces laços,
Vem pousar no peito meu!
Que, se amor me deu que eu lesse
Nos teus olhos minha sina,
Ando, como a peregrina
Rola, que o esposo perdeu.

Ainda uma vez — Adeus! —

I

Enfim te vejo! – enfim posso,
Curvado a teus pés, dizer-te,
Que não cessei de querer-te,
Pesar de quanto sofri.
Muito penei! Cruas ânsias,
Dos teus olhos afastado,
Houveram-me acabrunhado,
A não lembrar-me de ti!

II

Dum mundo a outro impelido,
Derramei os meus lamentos
Nas surdas asas dos ventos,
Do mar na crespa cerviz!
Baldão, ludíbrio da sorte
Em terra estranha, entre gente,
Que alheios males não sente,
Nem se condói do infeliz!

III

Louco, aflito, a saciar-me
D'agravar minha ferida,
Tomou-me tédio da vida,
Passos da morte senti;
Mas quase no passo extremo,
No último arcar da esp'rança,
Tu me vieste à lembrança:
Quis viver mais e vivi!

IV

Vivi; pois Deus me guardava
Para este lugar e hora!
Depois de tanto, senhora,
Ver-te e falar-te outra vez;
Rever-me em teu rosto amigo,
Pensar em quanto hei perdido,
E este pranto dolorido
Deixar correr a teus pés.

V

Mas que tens? Não me conheces?
De mim afastas teu rosto?
Pois tanto pode o desgosto
Transformar o rosto meu?
Sei a aflição quanto pode,
Sei quanto ela desfigura,
E eu não vivi na ventura...
Olha-me bem, que sou eu!

VI

Nenhuma voz me diriges!...
Julgas-te acaso ofendida?
Deste-me amor, e a vida
Que ma darias – bem sei;
Mas lembrem-te aqueles feros
Corações, que se meteram
Entre nós; e se venceram,
Mal sabes quanto lutei!

VII

Oh! se lutei!...mas devera
Expor-te em pública praça,
Como um alvo à populaça,
Um alvo aos dictérios seus!
Devera, podia acaso
Tal sacrifício aceitar-te
Para no cabo pagar-te,
Meus dias unindo aos teus?

VIII

Devera, sim; mas pensava,
Que de mim t'esquecerias,
Que, sem mim, alegres dias
T'esperavam; e em favor
De minhas preces, contava
Que o bom Deus me aceitaria
O meu quinhão de alegria
Pelo teu quinhão de dor!

IX

Que me enganei, ora o vejo;
Nadam-te os olhos em pranto,
Arfa-te o peito, e no entanto
Nem me podes encarar;
Erro foi, mas não foi crime,
Não te esqueci, eu to juro:
Sacrifiquei meu futuro,
Vida e glória por te amar!

X

Tudo, tudo; e na miséria
Dum martírio prolongado,
Lento, cruel, disfarçado,
Que eu nem a ti confiei;
"Ela é feliz (me dizia)
Negou-me a sorte mesquinha...
Perdoa, que me enganei!

XI

Tantos encantos me tinham,
Tanta ilusão me afagava
De noite, quando acordava,
De dia em sonhos talvez!
Tudo isso agora onde pára?
Onde a ilusão dos meus sonhos?
Tantos projetos risonhos,
Tudo esse engano desfez!

XII

Enganei-me!... – Horrendo caos
Nessas palavras se encerra,
Quando do engano, quem erra,
Não pode voltar atrás!
Amarga irrisão! reflete:
Quando eu gozar-te pudera,
Mártir quis ser, cuidei qu'era...
E um louco fui, nada mais!

XIII

Louco, julguei adornar-me
Com palmas d'alta virtude!
Que tinha eu bronco e rude
Co'o que se chama ideal?
O meu eras tu, não outro;
Estava em deixar minha vida
Correr por ti conduzida,
Pura, na ausência do mal

XIV

Pensar eu que o teu destino
Ligado ao meu, outro fora,
Pensar que te vejo agora,
Por culpa minha, infeliz;
Pensar que a tua ventura
deus ab eterno a fizera,
No meu caminho a pusera...
E eu! eu fui que a não quis!

XV

És doutro agora, e p'ra sempre!
Eu a mísero desterro
Volto, chorando o meu erro,
dói-te de mim, pois me encontras
Em tanta miséria posto,
Que a expressão deste desgosto
Será um crime ante Deus!

XVI

Dói-te de mim, qu t'imploro
Perdão, a teus pés curvado;
Perdão!... de não ter ousado
Viver contente e feliz!
Perdão da minha miséria,
Da dor que me rala o peito,
e se do mal que te hei feito,
Também do mal que me fiz!

XVII

Adeus qu'eu parto, senhora;
Negou-me o fado inimigo
Passar a vida contigo,
Ter sepultura entre os meus;
Negou-me nesta hora extrema,
por extrema despedida,
Ouvir-te a voz comovida
Soluçar um breve Adeus!

XVIII

Lerás porém algum dia
Meus versos, d'alma arrancados,
D'amargo pranto banhados,
Com sangue escritos; — e então
Confio que te comovas,
Que a minha dor te apiede,
Que chores, não de saudade,
Nem de amor, — de compaixão.

Se Morre de Amor

"Meere und Berge und Horizonte
zwischen den Liebenden – aber die Seelen
versetzen sich aus dem staubigen Kerker und
treffen sich im Paradiese der Liebe

SCHILLER, DIE RAUBER

Se se morre de amor! – Não, não se morre,
Quando é fascinação que nos surpreende
De ruidoso sarau entre os festejos;
Assomos de prazer nos raiam nıalma,
Que embelezada e solta em tal ambiente
No que ouve, e no que vê prazer alcança!
Simpáticas feições, cintura breve,
Graciosa postura, porte airoso,
Uma fita, uma flor entre os cabelos,
Um quê mal definido, acaso podem
Num engano d'amor arrebatar-nos.
Mas isso amor não é; isso é delírio,
Devaneio, ilusão, que se esvaece
Ao som final da orquestra, ao derradeiro
Clarão, que as luzes no morrer despedem:
Se outro nome lhe dão, se amor o chamam,
D'amor igual ninguém sucumbe à perda.

Amor é vida; é ter constantemente
Alma, sentidos, coração – abertos
Ao grande, ao belo; é ser capaz d'extremos,
D'altas virtudes, té capaz de crimes!
Compr'ender o infinito, a imensidade,
E a natureza e Deus; gostar dos campos,
D'ave, flores, murmúrios solitários;

buscar tristeza, a soledade, o ermo,
E ter o coração em riso e festa;
E à branda festa, ao riso da nossa alma
Fontes de pranto intercalar sem custo;
Conhecer o prazer e a desventura
No mesmo tempo, e ser no mesmo ponto
O ditoso, o misérrimo dos entes:
Isso é amor, e desse amor se morre!

Amar, e não saber, não ter coragem
Para dizer que amor que em nós sentimos;
Temer qu'olhos profanos nos devassem
O templo, onde a melhor poção da vida
Se concentra; onde avaros recatamos
Essa fonte de amor, esses tesouros
Inesgotáveis, d'ilusões floridas;
Sentir, sem que se veja, a quem se adora
Compr'ender, sem lhe ouvir, seus pensamentos,
Segui-la, sem poder fitar seus olhos,
Amá-la, sem ousar dizer que amamos,
E, temendo roçar os seus vestidos,
Arder por afogá-la em mil abraços:
Isso é amor, e desse amor se morre!

Se tal paixão enfim transborda,
Se tem na terra o galardão devido
Em recíproco afeto; e unidas, uma,
Dois seres, duas vidas se procuram,
Entendem-se, confundem-se e penetram
Juntas – em puro céu d'êxtasis puros;
Se logo a mão do fado as torna estranhas,
Se os duplica e separa, quando unidos
A mesma vida circulava em ambos;

Que será do que fica, e do que longe
Serve às borrascas de ludíbrio e escárnio?
Pode o raio num píncaro caindo,
Torná-lo dois, e o mar correr entre ambos;
Pode rachar o tronco levantado
E dois cimos depois verem-se erguidos,
Sinais mostrando da aliança antiga;
Dois corações porém, que juntos batem,
Que juntos vivem, — se os separam, morrem;
Ou se entre o próprio estrago inda vegetam,
Ânsias cruas resumem do proscrito,
Que busca achar no berço a sepultura!

Esse, que sobrevive a própria ruína,
Ao seu viver do coração, — às gratas
Ilusões, quando em leito solitário,
Entre as sombras da noite, em larga insônia,
Devaneando, a futurar venturas,
Mostra-se e brinca a apetecida imagem;
Esse, que à dor tamanha não sucumbe,
Inveja a quem na sepultura encontra
Dos males seus o desejado termo!

Loa da princesa santa

Bom tempo foi o d'outrora
Quando o reino era cristão
Quando nas guerras de mouros
Era o rei nosso pendão,
Quando as donas consumiam
Seus teres em devação.

Dava o rei uma batalha
Deus lhe acudia do céu;
Quantas terras que ganhava,
Dava o Senhor que lhas deu,
E só em fazer mosteiros
Gastava muito do seu.

Se havia muitos Ifantes
Torneio não se fazia;
É esse o estilo de Frandres,
Onde anda muita heregia:
Para os armar cavaleiros
A armada se apercebia.

Chamava el-rei seus vassalos
E em cortes logo os reunia:
Vinha o povo atencioso,
Vinha muita cleregia,
Vinha a nobreza do reino,
Gente de muita valia.

Quando o rei tinha-los juntos
Começava a discursar:
"Os Ifantes já são homens,
Vou-me às terras de além-mar
Armá-los lá cavaleiros;
Deus Senhor m' há de ajudar."

Não concluía o pujante rei
Rei – de assi lhes propor,
Clamavam todos em grita
Com vozes de muito ardor:
"Seremos nessa folgança,
Honra de nosso Senhor!"

E logo todos em sembra,
Todos gente mui de bem,
Na armada se agazalhavam,
Sem se pesar de ninguém;
E os Padres de Sam Domingos
Iam com eles também.

Iam, si, os bentos Padres:
E que assim fosse, é rezão,
Que o santo em guerras d'Igreja
Foi um bom santo cristão:
Queimou a muitos hereges
No fogo da expiação!

Quando depois se tornava
Toda a frota pêra cá,
Primeiro se perguntava,
"Que terra temos por lá?"
Quem em Deus tanto confia,
Sempre Deus por si terá.

El-rei tornava benino,
Como coisa natural:
"Temos Ceuta, Arzila ou Tângere,
Conquistas de Portugal!"
E todos, a voz em grita,
Clamavam : real! real!

Bom tempo foi o d'outrora
Quando o reino era cristão;
Os moços davão-se à guerra,
As moças à devação:
Aquela terra de mouros
Vivia em muita aflição.

Deu-nos Deus tantas vitórias,
E tanto pêra louvar,
Que os padres de Sam Domingos
Já não sabiam rezar;
Todo-lo tempo era pouco
Pêra louvores cantar!

Sendo tantas as batalhas,
Nem recontro se perdeu!
Aqueles Padres coitados
Não tinham tempo de seu:
Levavam todo cantando
Louvores ao pai do céu.

Louvores ao pai do céu,
Que eu inda possa trovar,
Quando não vejo nos mares
Nossas quinas tremolar;
Mas somente o templo mudo,
Sem guarnimentos o altar!

Vejo os sinos apeados
Dos campanários subtis,
E a prata das sacristias,
Servidas em misteres vis,
E ante os leões de Castela
Dobrada a Lusa cerviz!

Cant'eu, em bem que sou Padre,
Digo que sou Português:
Arço de ver nossas coisas
Irem todas ao revés,
Arço de ver nossa gente
Andar conosco ao envés

Mercê de Deus! Minha vida
É vida de muito dura!
Vivo esquecido dos vivos
Na terra da desventura;
Vivo escrevendo e penando
Num canto de cela escura.

Do meu velho breviário
Só deixarei a leitura
Para escrever estes carmes,
Remédio à nossa amargura;
O corpo tenho alquebrado,
Vive minha alma em tristura.

Que armada de tantas velas,
Que armada é essa qu' i vem?
Vem subindo Tejo acima,
Que fermosura que tem!
Nas praias se apinha o povo,
E as cobre todas porém.

Dão sinais as fortalezas,
Respondem sinais de lá:
Vem el-rei vitorioso
Quem de gáudio se terá?
O mar é todo bonança,
O céu muito sereno está!

Oco bronze fumo e fogo
Já começa a despejar;
Acordam alegres ecos
Os sinos a repicar;
Grita e folgança na terra,
Celeuma e grita no mar!

Vinde embora muito depressa,
Senhores da capital!
Vinde ver Afonso quinto,
Rei, senhor de Portugal;
Vem das terras africanas
Dar-vos festança real.

Nossos reis foram outrora
Fragueiros de condição
Dormiam quase vestidos,
Espada nua na mão;
Nem repoisavam de noite
Sem fazer sua oração.

Empresa não cometiam
Sem primeiro comungar
Sem fazer voto a algum santo
De tenção particular;
Porém vitórias houveram,
Que são muito de espantar!

Os vindouros esquecidos
Da benção divinal,
Conheceram os poderes
Da bênção celestial,
Se contarem os mosteiros
Das Terras de Portugal!

Nossas capelas que temos,
Nossos mosteiros custosos,
São obras santas de Santos,
Obras de rei mui piedosos;
São brados de pedra viva,
Que pregam feitos briosos.

Alguns já agora escarnecem
Dos templos edificados;
Dizem que foram mal gastos
Os bens com eles gastados:
Eu creio (Deus me perdoe)
Que são incréus disfarçados!

E mais prasmam dos feitios
De pedra, que Mênfis tem,
Sem ter olhos para Mafra,
Pera Batalha ou Belém!
Oh! Se a estes conheceras,
Meu frei Gil de Santarém!

Naquela vila deserta
Ainda se me afigura
Ver elevar-se nas sombras
Tua válida estatura,
E ouvir a voz que intimava
Ao rei a sentença dura!

E mais a tacha que tinha
Era ser fraco, e não mais!
Tu, meu Santo, que fizeras,
Se ouviras a estes tais,
Que nos assacam motejos
Às nossas obras reais!

Mas vós, quem quer qu'isto lerdes,
Relevai-me esta tardança;
São achaques da velhice:
Vivemos de remembrança
E em longas falas fazemos
De tudo comemorança.

Já el-rei Affonso quinto
Nas sua terras pojou:
Alegre o povo o recebe,
Alegre el-rei se mostrou;
Abrio-se em alas vistosas,
El-rei entre elas passou.

Vêm os músicos troando
Nos atabales guerreiros,
Tangem outros intromentos
Desses climas forasteiros,
E trás ele vêm marchando,
Passo a passo, os prisioneiros.

São eles mouros gigantes
De bigodes retorcidos,
Caminham a passos lentos,
Com sembrantes atrevidos.
Causa medo vê-los tantos,
Tam membrudos, tam crescidos!

São homens de fero aspeito,
Homens de má condição,
Que vivem na lei nojenta
Do seu nojento alcorão,
Que – vinho? Nem querem vê-lo,
Só por que o bebe um cristão!

Vêm as moiras depois deles,
Rostos cobertos com véus;
Bem que filhas d''Agarenos,
São também filhas de Deus;
Se foram cristãs ou freiras,
Seriam anjos dos céus.

Luziam os olhos delas,
Como pedras muito finas;
Deviam ser finas bruxas,
Inda qu'eram bem meninas,
Que essas moiras da mourama
Nascem já bruxas cadinas!

Uma delas que lá vinha
Olhou-me à través do véu!...
Foi aquilo obra do demo,
Quase, quase me rendeu!
Pensei nela muitas vezes,
Valeram-me anjos do céu!

Vi as largas pantalonas,
E o pezinho delicado...
Como pode pensar nisto
Um pobre frade cansado,
Um padre da Observância,
Que sempre come pescado?!

Enfim, dizer quanto vimos
Não cabe neste papel;
Vinham muitas alimárias,
Como achadas a granel;
Vinha o ifante brioso,
Montado no seu corcel.

Vinham pajens e varletes,
Vinham muitos escudeiros,
Vinham do sol abrasados
Nossos robustos guerreiros;
Vinha muita e boa gente,
Muitos e bons cavaleiros!

A Princesa Dona Joana
Saiu dos Paços reais;
Era moça, e muito airosa,
E dona de partes tais,
Que todos lhe qu'riam muito.
Estranhos e naturais!

Foi requerida de muitos
E muito grandes senhores,
Por fama que dela tinham,
E por cópia de pintores,
Que muitos vinham de fora
Ao cheiro de seus louvores.

E diz-se dum rei de França,
Ludovico, creio eu:
Um pobre frade mesquinho
Só trata em coisas do céu;
Sabe ele que muito sabe,
Se a bem morrer aprendeu.

Pois diz-se do rei de França,
O onzeno do nome seu,
Que vendo um retrato destes
Pêra si logo entendeu,
Qu'era prodígio na terra
Quem tanto tinha de céu.

E logo sem mais tardança
Caiu, giolhos no chão,
No feltro traz arrelíquias,
Assi usa um rei cristão;
O seu feltro pôs diante,
E fez sua oração!

Saiu a real Princesa,
Saiu dos Paços reais
Nos pulsos ricas pulseiras,
Na fronte finos ramais;
De longe seguem-lhe a trilha
Muitos bons homens segrais.

Traçava um mantéu vistoso
Sôbolas suas espaldas,
E as largas roupas na cinta
Prendia em muitas laçadas;
Seus olhos valiam tanto
Como duas esmeraldas.

Tinha elevada estatura
E meneio concertado,
Solto o cabelo em madeixas,
Pelas costas debruçado:
Cadeixo de fios d'oiro,
Franjas de templo sagrado.

Vinha assi a régia Dona,
Vinha muito para ver:
O povo em si não cabia,
Quando a via, de prazer;
Era ela santa às ocultas
E anjo no parecer!

Debaixo das telas finas
E dos brocados luzidos,
Trazia à raiz das carnes
Duros cilício cosidos
E umas crinas mui agras,
Tudo extremos mui subidos.

Passava noites inteiras
No oratório a rezar,
Dormia despois na pedra
Sem ninguém o suspeitar:
Extremos tais em princesa
Quem nos há de acreditar?

No dia de lava-pés
Ordenava seu Vedor
Trazer-lhe doze mulheres;
E depois, com muita dor,
Chorando os pés lhes lavava,
Honra de nosso Senhor!

E depois de os ter lavado,
Não perdia a ocasião,
Despedia a todas juntas
Com sua esmola na mão:
Dizia que era humildade
E obra de devação.

E as mendigas prasmadas
Sabiam de tal saber,
E perguntavam, quem era
Aquela santa mulher?!
Maus pecados que ela tinha
Só pêra assi proceder!

O mesmo Vedor foi quem
Isto despois revelou,
Quando aquela humanidade
E o Senhor descansou;
Dona Joana era já morta,
Ele porém mo contou.

Mas sendo tanto o resguardo
Que guardava em coisas tais,
Sabiam algo os estranhos
Por muitos certos sinais,
Que o ar é todo perfume,
Se a terra é toda rosais.

É coisa de maravilha
Que me faz cismar a mi,
Que as donas d'hoje pareçam
Uns camafeus d' alfini,
Nas donas de carne e osso;
As donas de outrora – si.

Hoje leigos de nonada
(É-lhes o demo caudel)
Praguejam a mesa escassa
E as arestas do burel;
Querem mimos e regalos,
E jejuns a leite e mel.

Lá caminha Dona Joana,
Regente de Portugal;
Trás sobre si muitas jóias
Do tesouro paternal;
Deus lhe pôs graça divina
Sobre a graça natural.

Acostou-se a comitiva,
Muito senhora de si:
Perante el-rei se agiolha,
Disse-lhe el-rei: não assi!
E ao peito a cinge dizendo:
Não a meus pés, mas aqui!

"Sois um bom pai, Senhor rei.
Tornou-lhe a santa Princesa:
Eu que sou vassala vossa
E filha por natureza,
Peço mercê como aquela,
Como esta peço fineza."

Ficaram logo suspensos,
Todolos os que eram ali,
Ficaram como enleiados,
Enleio tal nunca vi!
Eis que a Princesa medrosa
Começa a propor assi.

El-rei não lhe respondera;
Que lhe havia responder?
Boa filha Deus lhe dera.
Que lhe havia defender?
Sorriu-se, o bom rei quisera
Muito por ela fazer.

A Princesa disse entonces:
"De alguns capitães antigos
Tenho lido, Senhor rei,
Que, vencidos os imigos,
Tornavam, a Deus fazendo
Sacrifícios mui subidos.

"Viam as coisas melhores
Que dos seus reinos haviam,
E logo lhas ofertavam;
E mercês também faziam,
No dia de seu triunfo
A los que justas pediam.

"Deslembrar a usança antiga
Fora de grande estranheza;
Agora sobre maneira,
Perfeita tamanha empresa,
De tanto lustre aos do reino,
De tal honra a vossa Alteza.

"Digo pois a vossa Alteza,
E digo com muita fé,
Deve a oferta ser tamanha
Quamanha foi a mercê,
Não do nobre rei pujante,
Mas do santo rei qual é.

"A oferta que vós fizerdes,
Será mercê paternal:
Se quereis que corresponda
Ao favor celestial,
Deve ser coisa mui alta,
Deve ser coisa real.

"Ao Deus que vence as batalhas
Dai-lhe a filha muito amada;
Dai-lhe a filha só que tendes
Em tantos mimos criada:
Será oferta bem quista
E do Senhor aceitada.

"E eu a quem mais custou
De medos, esta jornada,
Que muitas noites orando
Passei em pranto banhada,
Sou eu, Senhor, quem vos peço
Ser a hóstia a Deus votada."

Que santa que era a Princesa,
Que extremos de devação!
Nos sembrantes dos presentes
Viu-se, e não era razão,
Que a nenhum deles prazia
Deferir tal petição.

Sobr'esteve um pouco mudo,
El-rei por que muito a amava:
Aquele dizer da filha
Todo prazer lhe aguava,
Aquele pedir sem dó
Todo o ser lhe transtornava.

Encostou-se ao ombro dela
O pobre velho cansado,
Chorou o triunfo breve,
E o prazer mal rematado,
Não como rei valeroso,
Mas como pai anojado.

El-rei despois mais tranquilo
Rompeu o silêncio alfi';
E entre aflito e satisfeito
Disse à filha: Seja assi!...
Velhos guerreiros vi eu
Choraram também ali.

Cant'eu perdido entre o vulgo
Não sei que tempo gastei,
Nem sei de mim que fizeram,
Nem tam pouco se chorei;
Foi traça da providência:
Nisto comigo assentei.

Foi Jefté corajoso,
O forte rei de Judá;
Volta coberto de loiros,
Quem primeiro encontrará?
Sente a filha, torce o rosto...
Nada ao triste valerá.

Qual destes dois sacrifícios
Soube a Deus mais agradar?
Vai a Hebrea constrangida
Depor o colo no altar,
Vai a cristã jubilosa!
São ambas pera prasmar.

Depois num dia formoso,
Era no mês de janeiro,
Houve uma cena vistosa
Dentro de um pobre mosteiro;
Fundou-o Brites Leitoa,
Dona mui nobre d'Aveiro.

Uma princesa jurada,
Sobrinha d'altos Ifantes,
Filha de reis soberanos,
Senhora das mais pujantes,
Era a primeira figura,
Espantava os circunstantes.

Ali humilde e curvada,
Pesar de todos os seus,
Giolhos sobre o ladrilho
E as mãos erguidas aos céus,
Ouvi – exígua mortalha
Pedir polo amor de Deus.

Cantemos todos louvores,
Louvores ao Senhor Deus:
Os anjos digam o seu nome,
Rostos cobertos com véus;
Leiam-no os homens escrito
No liso campo dos céus.

Bom tempo foi o d'outrora
Quando o reino era cristão,
Quando as guerras mouriscas
Era o rei nosso pendão,
Quando as donas consumiam
Seus teres em devação.

ÚLTIMOS CANTOS

O Gigante de Pedra

O guerriers! ne laissez pas ma dépouille au corbeau!
Ensevelissez-moi parmi des monts sublimes,
Afin que l'étranger cherche, en voyant leurs cimes,
Quelle montagne est mon tombeau!

V. HUGO, *LE GÉANT*

I

Gigante orgulhoso, de fero semblante,
Num leito de pedra lá jaz a dormir!
Em duro granito repousa o gigante,
Que os raios somente puderam fundir.

Dormido atalaia no serro empinado
Devera cuidoso, sanhudo velar;
O raio passando o deixou fulminado,
E à aurora, que surge, não há de acordar!

Co'os braços no peito cruzados nervosos,
Mais alto que as nuvens, os céus a encarar,
Seu corpo se estende por montes fragosos,
Seus pés sobranceiros se elevam do mar!

De lavas ardentes seus membros fundidos
Avultam imensos: só Deus poderá
Rebelde lançá-lo dos montes erguidos,
Curvados ao peso, que sobre lhe 'stá.

E o céu, e as estrelas e os astros fulgentes
São velas, são tochas, são vivos brandões,
E o branco sudário são névoas algentes,
E o crepe, que o cobre, são negros bulcões.

Da noite, que surge, no manto fagueiro
Quis Deus que se erguesse, de junto a seus pés,
A cruz sempre viva do sol no cruzeiro,
Deitada nos braços do eterno Moisés.

Perfumam-no odores que as flores exalam,
Bafejam-no carmes de um hino de amor
Dos homens, dos brutos, das nuvens que estalam,
Dos ventos que rugem, do mar em furor.

E lá na montanha, deitado e dormido,
Campeia o gigante – nem pode acordar!
Cruzados os braços de ferro fundido,
A fronte nas nuvens, os pés sobre o mar!

II

Banha o sol os horizontes,
Trepa os castelos dos céus,
Aclara serras e fontes,
Vigia os domínios seus:
Já descai p'ra o ocidente,
E em globo de fogo ardente
Vai-se no mar esconder;
E lá campeia o gigante,
Sem destorcer o semblante,
Imóvel, mudo, a jazer!

Vem a noite após o dia,
Vem o silêncio, o frescor,
E a brisa leve e macia,
Que lhe suspira ao redor;
E da noite entre os negrores,
Das estrelas os fulgores
Brilham na face do mar:
Brilha a lua cintilante,
E sempre mudo o gigante,
Imóvel, sem acordar!

Depois outro sol desponta,
E outra noite também,
Outra lua que aos céus monta,
Outro sol que após lhe vem:
Após um dia outro dia,
Noite após noite sombria,
Após a luz o bulcão,
E sempre o duro gigante,
Imóvel, mudo, constante
Na calma e na cerração!

Corre o tempo fugidio,
Vem das águas a estação,
Após ela o quente estio;
E na calma do verão
Crescem folhas, vingam flores,
Entre galas e verdores
Sazonam-se frutos mil;
Cobrem-se os prados de relva,
Murmura o vento na selva,
Azulam-se os céus de anil!

Tornam prados a despir-se,
Tornam flores a murchar,
Tornam de novo a vestir-se,
Tornam depois a secar;
E como gota filtrada
De uma abóbada escavada
Sempre, incessante a cair,
Tombam as horas e os dias,
Como fantasmas, sombrias,
Nos abismos do porvir!

E no féretro de montes
Inconcusso, imóvel, fito,
Escurece os horizontes
O gigante de granito.
Com soberba indiferença
Sente extinta a antiga crença
Dos Tamoios, dos Pajés;
Nem vê que duras desgraças,
Que lutas de novas raças
Se lhe atropelam aos pés!

III

E lá na montanha deitado dormido
Campeia o gigante! — nem pode acordar!
Cruzados os braços de ferro fundido,
A fronte nas nuvens, e os pés sobre o mar!...

IV

Viu primeiro os íncolas
Robustos, das florestas,
Batendo os arcos rígidos,
Traçando homéreas festas,
À luz dos fogos rútilos,
Aos sons do murmuré!
E em Guanabara esplêndida
As danças dos guerreiros,
E o guau cadente e vário
Dos moços prazenteiros,
E os cantos da vitória
Tangidos no boré.

E das igaras côncavas
A frota aparelhada,
Vistosa e formosíssima
Cortando a undosa estrada,
Sabendo, mas que frágeis,
Os ventos contrastar:
E a caça leda e rápida
Por serras, por devesas,
E os cantos da janúbia
Junto às lenhas acesas,
Quando o tapuia mísero
Seus feitos vai narrar!

E o germe da discórdia
Crescendo em duras brigas,
Ceifando os brios rústicos
Das tribos sempre amigas,
— Tamoi a raça antígua,
Feroz Tupinambá.

Lá vai a gente impróvida,
Nação vencida, imbele,
Buscando as matas ínvias,
Donde outra tribo a expele;
Jaz o pajé sem glória,
Sem glória o maracá.

Depois em naus flamívomas
Um troço ardido e forte,
Cobrindo os campos úmidos
De fumo, e sangue, e morte,
Traz dos reparos hórridos
D'altíssimo pavês:
E do sangrento pélago
Em míseras ruínas
Surgir galhardas, límpidas
As portuguesas quinas,
Murchos os lises cândidos
Do impróvido gaulês!

V

Mudaram-se os tempos e a face da terra,
Cidades alastram o antigo paul;
Mas inda o gigante, que dorme na serra,
Se abraça ao imenso cruzeiro do sul.

Nas duras montanhas os membros gelados,
Talhados a golpes de ignoto buril,
Descansa, ó gigante, que encerras os fados,
Que os términos guardas do vasto Brasil.

Porém se algum dia fortuna inconstante
Puder-nos a crença e a pátria acabar,
Arroja-te às ondas, o duro gigante,
Inunda estes montes, desloca este mar!

Leito de Folhas Verdes

Por que tardas, Jatir, que tanto a custo
À voz do meu amor moves teus passos?
Da noite a viração, movendo as folhas,
Já nos cimos do bosque rumoreja.

Eu, sob a copa da mangueira altiva
Nosso leito gentil cobri zelosa
Com mimoso tapiz de folhas brandas,
Onde o frouxo luar brinca entre flores.

Do tamarindo a flor abriu-se, há pouco,
Já solta o bogari mais doce aroma!
Como prece de amor, como estas preces,
No silêncio da noite o bosque exala.

Brilha a lua no céu, brilham estrelas,
Correm perfumes no correr da brisa,
A cujo influxo mágico respira-se
Um quebranto de amor, melhor que a vida!

A flor que desabrocha ao romper d`alva
Um só giro do sol, não mais, vegeta:
Eu sou aquela flor que espero ainda
Doce raio do sol que me dê vida.

Sejam vales ou montes, lago ou terra,
Onde quer que tu vás, ou dia ou noite,
Vai seguindo após ti meu pensamento;
Outro amor nunca tive: és meu, sou tua!

Meus olhos outros olhos nunca viram,
Não sentiram meus lábios outros lábios,
Nem outras mãos, Jatir, que não as tuas
A arazóia na cinta me apertaram

Do tamarindo a flor jaz entreaberta,
Já solta o bogari mais doce aroma;
Também meu coração, como estas flores,
Melhor perfume ao pé da noite exala!

Não me escutas, Jatir! nem tardo acodes
À voz do meu amor, que em vão te chama!
Tupã! lá rompe o sol! do leito inútil
A brisa da manhã sacuda as folhas!

Juca Pirama

I

No meio das tabas de amenos verdores,
cercadas de troncos - cobertos de flores,
alteiam-se os tetos d'altiva nação;
são muitos seus filhos, nos ânimos fortes,
temíveis na guerra, que em densas coortes
assombram das matas a imensa extensão.

São rudes, severos, sedentos de glória,
já prélios incitam, já cantam vitória,
já meigos atendem à voz do cantor:
são todos Timbiras, guerreiros valentes!
seu nome lá voa na boca das gentes,
condão de prodígios, de glória e terror!

As tribos vizinhas, sem forças, sem brio,
as armas quebrando, lançando-as ao rio,
o incenso aspiraram dos seus maracás:
medrosos das guerras que os fortes acendem,
custosos tributos ignavos lá rendem,
aos duros guerreiros sujeitos na paz.

No centro da taba se estende um terreiro,
onde ora se aduna o concílio guerreiro
da tribo senhora, das tribos servis:
os velhos sentados praticam d'outrora,
e os moços inquietos, que a festa enamora,
derramam-se em torno d'um índio infeliz.

Quem é? - ninguém sabe: seu nome é ignoto,
sua tribo não diz: - de um povo remoto
descende por certo - d'um povo gentil;
assim lá na Grécia ao escravo insulano
tornavam distinto do vil muçulmano
as linhas corretas do nobre perfil.

Por casos de guerra caiu prisioneiro
nas mãos dos Timbiras: - no extenso terreiro
assola-se o teto, que o teve em prisão;
convidam-se as tribos dos seus arredores,
cuidosos se incumbem do vaso das cores,
dos vários aprestos da honrosa função.

Acerva-se a lenha da vasta fogueira,
entesa-se a corda de embira ligeira,
adorna-se a maça com penas gentis:
a custo, entre as vagas do povo da aldeia
caminha o Timbira, que a turba rodeia,
garboso nas plumas de vário matiz.

Entanto as mulheres com leda trigança,
afeitas ao rito da bárbara usança,
o índio já querem cativo acabar:
a coma lhe cortam, os membros lhe tingem,
brilhante enduápe no corpo lhe cingem,
sombreia-lhe a fronte gentil canitar.

II

Em fundos vasos d'alvacenta argila
ferve o cauim;
enchem-se as copas, o prazer começa,
reina o festim.

O prisioneiro, cuja morte anseiam,
sentado está,
o prisioneiro, que outro sol no ocaso
jamais verá!

A dura corda, que lhe enlaça o colo,
mostra-lhe o fim
da vida escura, que será mais breve
do que o festim!

Contudo os olhos d'ignóbil pranto
secos estão;
mudos os lábios não descerram queixas
do coração.

Mas um martírio, que encobrir não pode,
em rugas faz
a mentirosa placidez do rosto
na fronte audaz!

Que tens, guerreiro? Que temor te assalta
no passo horrendo?
honra das tabas que nascer te viram,
folga morrendo.

Folga morrendo; porque além dos Andes
revive o forte,
que soube ufano contrastar os medos
da fria morte.

Rasteira grama, exposta ao sol, à chuva,
lá murcha e pende:
somente ao tronco, que devassa os ares,
o raio ofende!

Que foi? Tupã mandou que ele caísse,
como viveu;
e o caçador que o avistou prostrado
esmoreceu!

Que temes, ó guerreiro? Além dos Andes
revive o forte,
que soube ufano contrastar os medos
da fria morte.

III

Em larga roda de novéis guerreiros
ledo caminha o festival Timbira,
a quem do sacrifício cabe as honras.
Na fronte o canitar sacode em ondas,
o enduape na cinta se embalança,
na destra mão sopesa a iverapeme,
orgulhoso e pujante. - Ao menor passo
colar d'alvo marfim, insígnia d'honra,
que lhe orna o colo e o peito, ruge e freme,
como que por feitiço não sabido
encantadas ali as almas grandes
dos vencidos Tapuias, inda chorem
serem glória e brasão d'imigos feros.

"Eis-me aqui", diz ao índio prisioneiro;
"pois que fraco, e sem tribo, e sem família,
as nossas matas devassaste ousado,
morrerás morte vil da mão de um forte."

Vem a terreiro o mísero contrário;
do colo à cinta a muçurana desce:
"Dize-me quem és, teus feitos canta,
ou se mais te apraz, defende-te." Começa
o índio, que ao redor derrama os olhos,
com triste voz que os ânimos comove.

IV

Meu canto de morte,
guerreiros, ouvi:
sou filho das selvas,
nas selvas cresci;
guerreiros, descendo
da tribo Tupi.

Da tribo pujante,
que agora anda errante
por fado inconstante,
guerreiros, nasci:
sou bravo, sou forte,
sou filho do Norte;
meu canto de morte,
guerreiros, ouvi.

Já vi cruas brigas,
de tribos imigas,
e as duras fadigas
da guerra provei;
nas ondas mendaces
senti pelas faces
os silvos fugaces
dos ventos que amei.

Andei longes terras,
lidei cruas guerras,
vaguei pelas serras
dos vis Aimorés;
vi lutas de bravos,
vi fortes - escravos!
De estranhos ignavos
calcados aos pés.

E os campos talados,
e os arcos quebrados,
e os piagas coitados
sem seus maracás;
e os meigos cantores,
servindo a senhores,
que vinham traidores,
com mostras de paz.

Aos golpes do imigo
meu último amigo,
sem lar, sem abrigo
caiu junto a mi!
Com plácido rosto,
sereno e composto,
o acerbo desgosto
comigo sofri.

Meu pai a meu lado
já cego e quebrado,
de penas ralado,
firmava-se em mi:
nós ambos, mesquinhos,
por ínvios caminhos,
cobertos d'espinhos
chegamos aqui!

O velho no entanto
sofrendo já tanto
de fome e quebranto,
só qu'ria morrer!
Não mais me contenho,
nas matas me embrenho,
das frechas que tenho
me quero valer.

Então, forasteiro,
caí prisioneiro
de um troço guerreiro
com que me encontrei:
O cru dessossego
do pai fraco e cego,
enquanto não chego,
qual seja - dizei!

Eu era o seu guia
na noite sombria,
a só alegria
que Deus lhe deixou:
Em mim se apoiava,
em mim se firmava,
em mim descansava,
que filho lhe sou.

Ao velho coitado
de penas ralado,
já cego e quebrado,
que resta? - Morrer.
Enquanto descreve
o giro tão breve
da vida que teve,
deixai-me viver!

Não vil, não ignavo,
mas forte, mas bravo,
serei vosso escravo:
aqui virei ter.
Guerreiros, não coro
Do pranto que choro;
se a vida deploro,
também sei morrer.

V

Soltai-o! - diz o chefe.- Pasma a turba;
os guerreiros murmuram: mal ouviram,
nem pôde nunca um chefe dar tal ordem!
Brada segunda vez com voz mais alta,
afrouxam-se as prisões, a embira cede,
a custo, sim; mas cede: o estranho é salvo.
— Timbira, diz o índio enternecido,
solto apenas dos nós que o seguravam:
É um guerreiro ilustre, um grande chefe,
tu que assim do meu mal te comoveste,
nem sofres que, transposta a natureza,
com olhos onde a luz já não cintila,
chore a morte do filho o pai cansado,
que somente por seu na voz conhece.
— És livre; parte.
                    — E voltarei.
                                        — Debalde.
— Sim, voltarei, morto meu pai.
                                        — Não voltes!
É bem feliz, se existe, em que não veja,
que filho tem, qual chora: és livre; parte!
— Acaso tu supões que me acobardo,
que receio morrer!

— És livre; parte!
— Ora não partirei; quero provar-te
que um filho dos Tupis vive com honra,
e com honra maior, se acaso o vencem,
da morte o passo glorioso afronta.

— Mentiste, que um Tupi não chora nunca,
e tu choraste!... parte; não queremos
com carne vil enfraquecer os fortes.

Sobresteve o Tupi: - arfando em ondas
o rebater do coração se ouvia
precípite. - Do rosto afogueado
gélidas bagas de suor corriam:
Talvez que o assaltava um pensamento...
Já não... que na enlutada fantasia,
um pesar, um martírio ao mesmo tempo,
do velho pai a moribunda imagem
quase bradar-lhe ouvia: - Ingrato! ingrato!
Curvado o colo, taciturno e frio,
espectro d'homem, penetrou no bosque!

VI

— Filho meu, onde estás?
— Ao vosso lado;
aqui vos trago provisões: tomai-as,
as vossas forças restaurai perdidas,
e a caminho, e já!
— Tardaste muito!
Não era nado o sol, quando partiste,
e frouxo o seu calor já sinto agora!
— Sim, demorei-me a divagar sem rumo,
perdi-me nestas matas intrincadas,
reaviei-me e tornei; mas urge o tempo;
convém partir, e já!

— Que novos males
Nos resta de sofrer? - que novas dores,
que outro fado pior Tupã nos guarda?
— As setas da aflição já se esgotaram,
nem para novo golpe espaço intacto
em nossos corpos resta.
— Mas tu tremes!
— Talvez do afã da caça...
— Oh filho caro!
Um quê misterioso aqui me fala,
aqui no coração; piedosa fraude
será por certo, que não mentes nunca!
Não conheces temor, e agora temes?
Vejo e sei: é Tupã que nos aflige,
e contra o seu querer não valem brios.
Partamos!...-
E com mão trêmula, incerta
procura o filho, tateando as trevas
da sua noite lúgubre e medonha.
Sentindo o acre odor das frescas tintas,
uma idéia fatal correu-lhe à mente...
Do filho os membros gélidos apalpa,
e a dolorosa maciez das plumas
conhece estremecendo: - foge, volta,
encontra sob as mãos o duro crânio,
despido então do natural ornato!...
Recua aflito e pávido, cobrindo
às mãos ambas os olhos fulminados,
como que teme ainda o triste velho
de ver, não mais cruel, porém mais clara,
daquele exício grande a imagem viva
ante os olhos do corpo afigurada.

Não era que a verdade conhecesse
inteira e tão cruel qual tinha sido;
mas que funesto azar correra o filho,
ele o via; ele o tinha ali presente;
e era de repetir-se a cada instante.
A dor passada, a previsão futura
e o presente tão negro, ali os tinha;
ali no coração se concentrava,
era num ponto só, mas era a morte!

— Tu prisioneiro, tu?
— Vós o dissestes.
— Dos índios?
— Sim.
— De que nação?
— Timbiras.
— E a muçurana funeral rompeste,
dos falsos manitôs quebraste a maça...
— Nada fiz... aqui estou.
— Nada!-
Emudecem;
curto instante depois prossegue o velho:
— Tu és valente, bem o sei; confessa,
fizeste-o, certo, ou já não foras vivo!
— Nada fiz; mas souberam da existência
de um pobre velho, que em mim só vivia...
— E depois?...
— Eis-me aqui.
— Fica essa taba?

— Na direção do sol, quando transmonta.
— Longe?
— Não muito.
— Tens razão: partamos.
— E quereis ir?...
— Na direção do ocaso.

VII

"Por amor de um triste velho,
que ao termo fatal já chega,
vós, guerreiros, concedestes
a vida a um prisioneiro.
Ação tão nobre vos honra,
nem tão alta cortesia
vi eu jamais praticada
entre os Tupis, - e mais foram
senhores em gentileza.

"Eu porém nunca vencido,
nem os combates por armas,
nem por nobreza nos atos;
aqui venho, e o filho trago.
Vós o dizeis prisioneiro,
seja assim como dizeis;
mandai vir a lenha, o fogo,
a maça do sacrifício
e a muçurana ligeira:
Em tudo o rito se cumpra!
E quando eu for só na terra,
certo acharei entre os vossos,
que tão gentis se revelam,
alguém que meus passos guie;
alguém, que vendo o meu peito

coberto de cicatrizes,
tomando a vez de meu filho,
de haver-me por pai se ufane!"

Mas o chefe dos Timbiras,
os sobrolhos encrespando,
ao velho Tupi guerreiro
responde com torvo acento:

— Nada farei do que dizes:
É teu filho imbele e fraco!
Aviltaria o triunfo
da mais guerreira das tribos
derramar seu ignóbil sangue:
Ele chorou de cobarde;
nós outros, fortes Timbiras,
só de heróis fazemos pasto.-

Do velho Tupi guerreiro
a surda voz na garganta
faz ouvir uns sons confusos,
como os rugidos de um tigre,
que pouco a pouco se assanha!

VIII

"Tu choraste em presença da morte?
Na presença de estranhos choraste?
Não descende o cobarde do forte;
pois choraste, meu filho não és!
Possas tu, descendente maldito
de uma tribo de nobres guerreiros,
implorando cruéis forasteiros,
seres presa de vis Aimorés.

"Possas tu, isolado na terra,
sem arrimo e sem pátria vagando,
rejeitado da morte na guerra,
rejeitado dos homens na paz,
ser das gentes o espectro execrado;
não encontres amor nas mulheres,
teus amigos, se amigos tiveres,
tenham alma inconstante e falaz!

"Não encontres doçura no dia,
nem as cores da aurora te ameiguem,
e entre as larvas da noite sombria
nunca possas descanso gozar:
Não encontres um tronco, uma pedra,
posta ao sol, posta às chuvas e aos ventos,
padecendo os maiores tormentos,
onde possas a fronte pousar.

"Que a teus passos a relva se torre;
murchem prados, a flor desfaleça,
e o regato que límpido corre,
mais te acenda o vesano furor;
suas águas depressa se tornem,
ao contacto dos lábios sedentos,
lago impuro de vermes nojentos,
donde fujas como asco e terror!

"Sempre o céu, como um teto incendido,
creste e punja teus membros malditos
e o oceano de pó denegrido
seja a terra ao ignavo tupi!
Miserável, faminto, sedento,
manitôs lhe não falem nos sonhos,
e do horror os espectros medonhos
traga sempre o cobarde após si.

"Um amigo não tenhas piedoso
que o teu corpo na terra embalsame,
pondo em vaso d'argila cuidoso
arco e frecha e tacape a teus pés!
Sê maldito, e sozinho na terra;
pois que a tanta vileza chegaste,
que em presença da morte choraste,
tu, cobarde, meu filho não és."

IX

Isto dizendo, o miserando velho
a quem Tupã tamanha dor, tal fado
já nos confins da vida reservara,
vai com trêmulo pé, com as mãos já frias
da sua noite escura as densas trevas
palpando. - Alarma! alarma! - O velho pára!
O grito que escutou é voz do filho,
voz de guerra que ouviu já tantas vezes
noutra quadra melhor. - Alarma! alarma!
— Esse momento só vale apagar-lhe
os tão compridos trances, as angústias,
que o frio coração lhe atormentaram
de guerreiro e de pai: - vale, e de sobra.
Ele que em tanta dor se contivera,
tomado pelo súbito contraste,
desfaz-se agora em pranto copioso,
que o exaurido coração remoça.

A taba se alborota, os golpes descem,
gritos, imprecações profundas soam,
emaranhada a multidão braveja,
revolve-se, enovela-se confusa,
e mais revolta em mor furor se acende.

E os sons dos golpes que incessantes fervem.
Vozes, gemidos, estertor de morte
vão longe pelas ermas serranias
da humana tempestade propagando
quantas vagas de povo enfurecido
contra um rochedo vivo se quebravam.

Era ele, o Tupi; nem fora justo
que a fama dos Tupis - o nome, a glória,
aturado labor de tantos anos,
derradeiro brasão da raça extinta,
De um jacto e por um só se aniquilasse.

— Basta! clama o chefe dos Timbiras,
— Basta, guerreiro ilustre! assaz lutaste,
e para o sacrifício é mister forças.-

O guerreiro parou, caiu nos braços
do velho pai, que o cinge contra o peito,
com lágrimas de júbilo bradando:
"Este, sim, que é meu filho muito amado!

"E pois que o acho enfim, qual sempre o tive,
"corram livres as lágrimas que choro,
"estas lágrimas, sim, que não desonram."

X

Um velho Timbira, coberto de glória,
guardou a memória
do moço guerreiro, do velho Tupi!
E à noite, nas tabas, se alguém duvidava
do que ele contava,
dizia prudente: - "Meninos, eu vi!

Eu vi o brioso no largo terreiro
cantar prisioneiro
seu canto de morte, que nunca esqueci:
Valente, como era, chorou sem ter pejo;
parece que o vejo,
que o tenho nest'hora diante de mi."

"Eu disse comigo: Que infâmia d'escravo!
Pois não, era um bravo;
Valente e brioso, como ele, não vi!
E à fé que vos digo: parece-me encanto
que quem chorou tanto,
tivesse a coragem que tinha o Tupi!"

Assim o Timbira, coberto de glória,
guardava a memória
do moço guerreiro, do velho Tupi.
E à noite nas tabas, se alguém duvidava
do que ele contava,
tornava prudente: "Meninos, eu vi!"

Marabá

Eu vivo sozinha; ninguém me procura!
Acaso feitura
Não sou de Tupá?
Se algum dentre os homens de mim não se esconde,
— Tu és, me responde,
— "Tu és Marabá!"

— Meus olhos são garços, são cor das safiras,
— Têm luz das estrelas, têm meigo brilhar;
— Imitam as nuvens de um céu anilado,
— As cores imitam das vagas do mar!

Se algum dos guerreiros não foge a meus passos:
"Teus olhos são garços",
Responde anojado; "mas és Marabá:
"Quero antes uns olhos bem pretos, luzentes,
"Uns olhos fulgentes,
"Bem pretos, retintos, não cor d'anajá!"

— É alvo meu rosto da alvura dos lírios,
— Da cor das areias batidas do mar;
— As aves mais brancas, as conchas mais puras
— Não têm mais alvura, não têm mais brilhar. —

Se ainda me escuta meus agros delírios:
"És alva de lírios",
Sorrindo responde; "mas és Marabá:
"Quero antes um rosto de jambo corado,
"Um rosto crestado
"Do sol do deserto, não flor de cajá."

— Meu colo de leve se encurva engraçado,
— Como hástea pendente do cáctus em flor;
— Mimosa, indolente, resvalo no prado,
— Como um soluçado suspiro de amor! —

"Eu amo a estatura flexível, ligeira,
"Qual duma palmeira",
Então me responde; "tu és Marabá:
"Quero antes o colo da ema orgulhosa,
"Que pisa vaidosa,
"Que as flóreas campinas governa, onde está."

— Meus loiros cabelos em ondas se anelam,
— O oiro mais puro não tem seu fulgor;
— As brisas nos bosques de os ver se enamoram,
— De os ver tão formosos como um beija-flor!

Mas eles respondem: "Teus longos cabelos,
"São loiros, são belos,
Mas são anelados; tu és Marabá:
Quero antes cabelos, bem lisos, corridos,
Cabelos compridos,
Não cor d'oiro fino, nem cor d'anajá."

E as doces palavras que eu tinha cá dentro
A quem as direi?
O ramo d'acácia na fronte de um homem
Jamais cingirei:

Jamais um guerreiro da minha arazóia
Me desprenderá:
Eu vivo sozinha, chorando mesquinha,
Que sou Marabá!

Canção do Tamoio

(NATALÍCIA)

Não chores, meu filho;
Não chores, que a vida
É luta renhida:
Viver é lutar.
A vida é combate,
Que os fracos abate,
Que os fortes, os bravos,
Só pode exaltar.

Um dia vivemos!
O homem que é forte
Não teme da morte;
Só teme fugir;
No arco que entesa
Tem certa uma presa,
Quer seja tapuia,
Condor ou tapir.

O forte, o cobarde
Seus feitos inveja
De o ver na peleja
Garboso e feroz;
E os tímidos velhos
Nos graves conselhos,
Curvadas as frontes,
Escutam-lhe a voz!

Domina, se vive;
Se morre, descansa
Dos seus na lembrança,
Na voz do porvir.
Não cures da vida!
Sê bravo, sê forte!
Não fujas da morte,
Que a morte há de vir!

E pois que és meu filho,
Meus brios reveste;
Tamoio nasceste,
Valente serás.
Sê duro guerreiro,
Robusto, fragueiro,
Brasão dos tamoios
Na guerra e na paz.

Teu grito de guerra
Retumbe aos ouvidos
D'imigos transidos
Por vil comoção;
E tremam d'ouví-lo
Pior que o sibilo
Das setas ligeiras,
Pior que o trovão.

E a mãe nestas tabas,
Querendo calados
Os filhos criados
Na lei do terror;
Teu nome lhes diga,
Que a gente inimiga
Talvez não escute
Sem pranto, sem dor!

Porém se a fortuna,
Traindo teus passos,
Te arroja nos laços
Do inimigo falaz!
Na última hora
Teus feitos memora,
Tranqüilo nos gestos,
Impávido, audaz.

E cai como o tronco
Do raio tocado,
Partido, rojado
Por larga extensão;
Assim morre o forte!
No passo da morte
Triunfa, conquista
Mais alto brasão.

As armas ensaia,
Penetra na vida:
Pesada ou querida,
Viver é lutar.
Se o duro combate
Os fracos abate,
Aos fortes, aos bravos,
Só pode exaltar.

Olhos verdes

Eles verdes são:
E têm por usança
Na côr esperança,
E nas obras não.
CAMÕES, RIMAS

São uns olhos verdes, verdes,
Uns olhos de verde-mar,
Quando o tempo vai bonança;
Uns olhos cor de esperança,
Uns olhos por que morri;
Que ai de mi!
Nem já sei qual fiquei sendo
Depois que os vi!

Como duas esmeraldas,
Iguais na forma e na cor,
Têm luz mais branda e mais forte,
Diz uma – vida, outra – morte;
Uma – loucura, outra – amor.
Mas ai de mi!
Nem já sei qual fiquei sendo
Depois que os vi!

São verdes da cor do prado,
Exprimem qualquer paixão,
Tão facilmente se inflamam,
Tão meigamente derramam
Fogo e luz no coração;
Mas ai de mi!
Nem já sei qual fiquei sendo
Depois que os vi!

São uns olhos verdes, verdes,
Que podem também brilhar;
Não são de um verde embaçado,
Mas verdes da cor do prado,
Mas verdes da cor do mar.
 Mas ai de mi!
Nem já sei qual fiquei sendo
Depois que os vi!

Como se lê num espelho,
Pude ler nos olhos seus!
Os olhos mostram a alma,
Que as ondas postas em calma
Também refletem os céus;
 Mas ai de mi!
Nem já sei qual fiquei sendo
 Depois que os vi!

Dizei vós, ó meus amigos,
Se vos perguntam por mi,
Que eu vivo só da lembrança
De uns olhos cor de esperança,
De uns olhos verdes que vi!
 Que ai de mi!
Nem já sei qual fiquei sendo
 Depois que os vi!

Dizei vós: "Triste do bardo!
Deixou-se de amor finar!
Viu uns olhos verdes, verdes,
Uns olhos da cor do mar:
Eram verdes sem esp'rança,
Davam amor sem amar!"
Dizei-o vós, meus amigos,
 Que ai de mi!
Não pertenço mais à vida
 Depois que os vi!

Sobre o Túmulo de um Menino

O invólucro de um anjo aqui descansa,
Alma do céu nascida entre amargores,
Como flor entre espinhos! – tu, que passas,
Não perguntes quem foi. – Nuvem risonha
Que um instante correu no mar da vida;
Romper da aurora que não teve ocaso,
Realidade no céu, na terra um sonho!
Fresca rosa nas ondas da existência,
Levada à plaga eterna do infinito,
Como of´renda de amor ao Deus que o rege;
Não perguntes quem foi, não chores: passa.

A Tempestade

Quem porfiar contigo... ousara
Da glória o poderio;
Tu que fazes gemer pendido o cedro,
Turbar-se o claro rio?

A. HERCULANO

Um raio
Fulgura
No espaço
Esparso,
De luz;
E trêmulo
E puro
Se aviva,
S'esquiva
Rutila,
Seduz!

Vem a aurora
Pressurosa,
Cor de rosa,
Que se cora
De carmim;
A seus raios
As estrelas,
Que eram belas,
Têm desmaios,
Já por fim.

O sol desponta
Lá no horizonte,
Doirando a fonte,
E o prado e o monte
E o céu e o mar;
E um manto belo
De vivas cores
Adorna as flores,
Que entre verdores
Se vê brilhar.

Um ponto aparece,
Que o dia entristece,
O céu, onde cresce,
De negro a tingir;
Oh! vede a procela
Infrene, mas bela,
No ar s'encapela
Já pronta a rugir!

Não solta a voz canora
No bosque o vate alado,
Que um canto d'inspirado
Tem sempre a cada aurora;
É mudo quanto habita
Da terra n'amplidão.
A coma então luzente
Se agita do arvoredo,
E o vate um canto a medo
Desfere lentamente,
Sentindo opresso o peito
De tanta inspiração.

Fogem do vento que ruge
As nuvens aurinevadas,
Como ovelhas assustadas
Dum fero lobo cerval;
Estilham-se como as velas
Que no alto mar apanha,
Ardendo na usada sanha,
Subitâneo vendaval.

Bem como serpentes que o frio
Em nós emaranha, — salgadas
As ondas s'estanham, pesadas
Batendo no frouxo areal.
Disseras que viras vagando
Nas furnas do céu entreabertas
Que mudas fuzilam, — incertas
Fantasmas do gênio do mal!

E no túrgido ocaso se avista
Entre a cinza que o céu apolvilha,
Um clarão momentâneo que brilha,
Sem das nuvens o seio rasgar;
Logo um raio cintila e mais outro,
Ainda outro veloz, fascinante,
Qual centelha que em rápido instante
Se converte d'incêndios em mar.

Um som longínquo cavernoso e ouco
Rouqueja, e n'amplidão do espaço morre;
Eis outro inda mais perto, inda mais rouco,
Que alpestres cimos mais veloz percorre,
Troveja, estoura, atroa; e dentro em pouco
Do Norte ao Sul, — dum ponto a outro corre:
Devorador incêndio alastra os ares,
Enquanto a noite pesa sobre os mares.

Nos últimos cimos dos montes erguidos
Já silva, já ruge do vento o pegão;
Estorcem-se os leques dos verdes palmares,
Volteiam, rebramam, doudejam nos ares,
Até que lascados baqueiam no chão.

Remexe-se a copa dos troncos altivos,
Transtorna-se, tolda, baqueia também;
E o vento, que as rochas abala no cerro,
Os troncos enlaça nas asas de ferro,
E atira-os raivoso dos montes além.

Da nuvem densa, que no espaço ondeia,
Rasga-se o negro bojo carregado,
E enquanto a luz do raio o sol roxeia,
Onde parece à terra estar colado,
Da chuva, que os sentidos nos enleia,
O forte peso em turbilhão mudado,
Das ruínas completa o grande estrago,
Parecendo mudar a terra em lago.

Inda ronca o trovão retumbante,
Inda o raio fuzila no espaço,
E o corisco num rápido instante
Brilha, fulge, rutila, e fugiu.
Mas se à terra desceu, mirra o tronco,
Cega o triste que iroso ameaça,
E o penedo, que as nuvens devassa,
Como tronco sem viço partiu.

Deixando a palhoça singela,
Humilde labor da pobreza,
Da nossa vaidosa grandeza,
Nivela os fastígios sem dó;
E os templos e as grimpas soberbas,
Palácio ou mesquita preclara,
Que a foice do tempo poupara,
Em breves momentos é pó.

Cresce a chuva, os rios crescem,
Pobres regatos s'empolam,
E nas turvam ondas rolam
Grossos troncos a boiar!
O córrego, qu'inda há pouco
No torrado leito ardia,
É já torrente bravia,
Que da praia arreda o mar.

Mas ai do desditoso,
Que viu crescer a enchente
E desce descuidoso
Ao vale, quando sente
Crescer dum lado e d'outro
O mar da aluvião!
Os troncos arrancados
Sem rumo vão boiantes;
E os tetos arrasados,
Inteiros, flutuantes,
Dão antes crua morte,
Que asilo e proteção!

Porém no ocidente
S'ergue de repente
O arco luzente,
De Deus o farol;
Sucedem-se as cores,
Qu'imitam as flores
Que sembram primores
Dum novo arrebol.

Nas águas pousa;
E a base viva
De luz esquiva,
E a curva altiva
Sublima ao céu;
Inda outro arqueia,
Mais desbotado,
Quase apagado,
Como embotado
De tênue véu.

Tal a chuva
Transparece,
Quando desce
E ainda vê-se
O sol luzir;
Como a virgem,
Que numa hora
Ri-se e cora,
Depois chora
E torna a rir.

A folha
Luzente
Do orvalho
Nitente
A gota
Retrai:
Vacila,
Palpita;
Mais grossa
Hesita,
E treme
E cai.

De *Os Timbiras*
Trecho do Canto Primeiro

Sentado em sítio escuso descansava
Dos Timbiras o chefe em trono anoso,
Itajubá, o valente, o destemido
Acoçador das feras, o guerreiro
Fabricador das incansáveis lutas.
Seu pai, chefe também, também Timbira,
Chamava-se o Jaguar: dele era fama
Que os musculosos membros repeliam
A flecha sibilante, e que o seu crânio
Da maça aos tesos golpes não cedia.
Cria-se... e em que não crê o povo stulto?
Que um velho piaga na espelunca horrenda
Aquele encanto, inútil num cadáver,
Tirara ao pai defunto, e ao filho vivo
Inteiro o transmitira: é certo ao menos
Que durante uma noite juntos foram
O moço e o velho e o pálido cadáver.

Mas acertando um dia estar oculto
Num denso tabocal, onde perdera
Traços de fera, que rever cuidava,
Seta ligeira atravessou-lhe um braço.
Mão d'imigo traidor a disparara,
Ou fora algum dos seus, que receioso
Do mal causado, emudeceu prudente.

Relata o caso, irrefletido, o chefe.
Mal crido foi! -- por abonar seu dito,
Redobra d'imprudência, -- mostra aos olhos
A traiçoeira flecha, o braço e o sangue.
A fama voa, as tribos inimigas
Adunam-se, amotinam-se os guerreiros
E as bocas dizem: o Timbira é morto!
Outras emendam: Mal ferido sangra!
Do nome do Itajubá se despega
O medo, - um só desastre venha, e logo
Esse encanto vai prestes converter-se
Em riso e farsa das nações vizinhas!
Os manitôs, que moram pendurados
Nas tabas d'Itajuba, que as protejam:
O terror do seu nome já não vale,
Já defensão não é dos seus guerreiros!

Dos Gamelas um chefe destemido,
Cioso d'alcançar renome e glória,
Vencendo a fama, que os sertões enchia,
Saiu primeiro a campo, armado e forte
Guedelha e ronco dos sertões imensos,
Guerreiros mil e mil vinham trás ele,
Cobrindo os montes e juncando as matas,
Com pejado carcaz de ervadas setas
Tingidas d'urucu, segundo a usança
Bárbara e fera, desgarrados gritos
Davam no meio das canções de guerra.

Chegou, e fez saber que era chegado
O rei das selvas a propor combate
Dos Timbiras ao chefe. -- "A nós só caiba,
(Disse ele) a honra e a glória; entre nós ambos
Decida-se a questão do esforço e brios.
Estes, que vês, impávidos guerreiros
São meus, que me obedecem; se me vences,
São teus; se és o vencido, os teus me sigam:
Aceita ou foge, que a vitória é minha."

— Não fugirei, respondeu-lhe Itajubá,
Que os homens, meus iguais, encaram fito
O sol brilhante, e os não deslumbra o raio.
Serás, pois que me afrontas, torna o bárbaro
Do meu valor troféu, -- e da vitória,
Qu'hei de certo alcançar, despojo opimo.
Nas tabas em que habito ora as mulheres
Tecem da sapucaia as longas cordas,
Que os pulsos teus hão de arrochar-te em breve;
E tu vil, e tu preso, e tu coberto
D'escárnio de d'irrrisão! - Cheio de glória,
Além dos Andes voará meu nome!

O filho de Jaguar sorriu-se a furto:
Assim o pai sorri ao filho imberbe,
Que, desprezado o arco seu pequeno,
Talhado para aquelas mãos sem forças,
Tenta doutro maior curvar as pontas,
Que vezes três o mede em toda altura!

Travaram luta fera os dois guerreiros,
Primeiro ambos de longe as setas vibram,
Amigos manitôs, que ambos protegem,
Nos ares as desgarram. Do Gamela
Entrou a frecha trêmula num tronco
E só parou no cerne, a do Timbira,
Ciciando veloz, fugiu mais longe,
Roçando apenas os frondosos cimos
Encontram-se os tacapes, lá se partem;
Ambos o punho inútil rejeitando.
Estreitam-se valentes: braço a braço
Alentando açodados, peito a peito,
Revolvem fundo a terra aos pés, e ao longe
Rouqueja o peito arfado um som confuso.

Cena vistosa! quadro aparatoso!
Guerreiros velhos, à vitória afeitos,
Tamanhos campeões vendo n'arena,
E a luta horrível e o combate aceso,
Mudos quedaram de terror transidos.
Qual daqueles heróis há de primeiro
Sentir o egrégio esforço abandoná-lo
Perguntam; mas não há quem lhes responda.

São ambos fortes: o Timbira hardido,
Esbelto como o tronco da palmeira,
Flexível como a flecha bem talhada,
Ostenta-se robusto o rei das selvas;
Seu corpo musculoso, imenso e forte
É como rocha enorme, que desaba
De serra altiva, e cai no vale inteira
Não vale humana força desprendê-la
Dali, onde ela está: fugaz corisco
Bate-lhe a calva fronte sem parti-la.

Separam-se os guerreiros um do outro,
Foi dum o pensamento, – a ação foi d'ambos.
Ambos arquejam, descoberto o peito
Arfa, estua, eleva-se, comprime-se
E o ar em ondas sôfregos respiram
Cada qual, mais pasmado que medroso
Se estranha a força que no outro encontra,
A mal cuidada resistência o irrita.
Itajubá! Itajubá! – os seus exclamam
Guerreiro, tal como ele, se descora
Um só momento, é dar-se por vencido
O filho de Jaguar voltou-se rápido
Donde essa voz partiu? quem no aguilhoa?
Raiva de tigre anuviou-lhe o rosto
E os olhos cor de sangue irados pulam.

"A tua vida a minha glória insulta!"
Grita ao rival, "e já de mais viveste."
Disse, e como o condor, descendo a prumo
Dos astros, sobre o lhama descuidoso
Pávido o prende nas torcidas garras,
E sobe audaz onde não chega o raio...
Voa Itajubá sobre o rei das selvas,
Cinge-o nos braços, contra si o aperta
Com força incrível: o colosso verga,
Inclina-se, desaba, cai de chofre,
E o pó levanta e atroa forte os ecos.
Assim cai na floresta um tronco anoso,
E o som da queda se propaga ao longe!

O fero vencedor um pé alçando,
Morre! – lhe brada – e o nome teu contigo!
O pé desceu, batendo a arca do peito
Do exânime vencido: os olhos turvos,
Levou, a extrema vez, o desditoso
Àqueles céus d'azul, àquelas matas,
Doce cobertas de verdura e flores!

Depois, erguendo o esquálido cadáver
Sobre a cabeça, horrivelmente belo,
Aos seus o mostra ensanguentado e torpe;
Então por vezes três o horrendo grito
Do triunfo soltou; e os seus três vezes
O mesmo grito em coro repetiram.
Aquela massa enfim voa nos ares;
Porém na destra do feliz guerreiro
Dividem-se entre os dedos as melenas,
De cujo crânio marejava o sangue!

Composto em FreightText Pro
pela Officio para a Almedina Brasil.
Barra do Sul, Ilha de Santa Catarina,
agosto de 2023.